LES FONTAINES
DE TÉNÈBRES

LES ROYAUMES OUBLIÉS
AU FLEUVE NOIR

La trilogie des Avatars

1. Valombre
2. Tantras
3. Eau Profonde
   par Richard Awlinson

La trilogie de l'Elfe Noir

4. Terre Natale
5. Terre d'Exil
6. Terre Promise
   par R.A. Salvatore

La trilogie des héros de Phlan

7. La Fontaine de Lumière
8. Les Fontaines de Ténèbres
9. La Fontaine de Pénombre
   par James M. Ward, Jane Cooper Hong,
   Anne K. Brown

10. Magefeu
   par Ed Greenwood (novembre 1994)

LES FONTAINES
DE TÉNÈBRES

par

JAMES M. WARD
et
ANNE K. BROWN

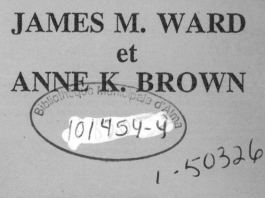

FLEUVE NOIR

Titre original :
Pool of Darkness

Traduit de l'américain
par Michèle Zachayus

Collection dirigée par Patrice Duvic
et
Jacques Goimard

© 1992, TSR Inc.

© 1994 by Le Fleuve Noir pour la traduction en langue française

ISBN : 2-265-00212-7

PROLOGUE

— Cela ne va pas recommencer !

Ivre de rage, le dieu foudroyait les créatures qui rampaient devant lui.

Celles qui ne parvenaient pas à esquiver l'ire divine étaient catapultées à travers cieux sur les habitants de Féérune. Des marchands, des fermiers et des familles entières coururent se mettre à l'abri.

— J'ai joué le jeu ! J'ai converti des fidèles, consentant même quelques privilèges à une poignée d'entre eux ! Je n'arrive à rien dans ce royaume ! C'en est assez !

Le dieu martela du poing l'accoudoir de son trône. Son regard remplit de terreur ceux qui le croisèrent.

— Je refuse de perdre un adorateur de plus ! Que faut-il pour que ces misérables humains apprennent à me craindre et à me respecter ? Des idées ?

La salle était terrorisée. L'entité aurait été attirante sans ses explosions de colère. Un visage aux traits fins, de larges épaules et une démarche gracieuse ne suffisaient pas à faire oublier son caractère chaotique.

Personne ne prit la parole. Quelqu'un allait payer cher cette lâcheté, ils le savaient.

Un roulement assourdissant...

Jailli d'un encensoir accroché au-dessus de la tête du dieu, la foudre transforma sept prélats en braises incandescentes. L'arôme de l'encens devint étouffant.

De violents crépitements...

Des rayons pétrifiants fusèrent des doigts tendus du dieu ; six démons venus des cratères infernaux se transformèrent en volutes ; ils flottèrent au ras du sol de granit.

Un instant de concentration suffit à changer en statue de sel le plus puissant sorcier des cinq principales cités des Royaumes.

Le dieu hurla, vociféra, tempêta. Aucune créature n'échappa à sa rage.

Plusieurs démons couverts d'excroissances connurent un avant-goût de leur proche avenir ; ils se jetèrent aux pieds de leur maître :

— Baine le Rédempteur, Baine l'Exalté ! Tu dois mener la vie dure à ces demeurés ! Il faut te rendre incontournable à leurs yeux de fourmis !

— *Incontournable* ? Il ne suffit pas que mes agents fomentent des troubles aux quatre coins de Féérune ? La haine qu'ils ont attisée et qui a corrompu des villes entières ne suffit pas ? Que doit faire un dieu pour avoir un peu d'attention, ici ?

Baine le Fléau boxa derechef son trône. Le grondement qu'il lâcha fit s'agenouiller les bipèdes de l'assemblée.

— Tu fais ce qu'il faut, Maître, dirent les démons en rampant, mais une nouvelle approche est nécessaire. Nous enrôlerons de puissants sorciers. En un rien de temps, tu auras le pouvoir et les adorateurs que tu désires. Tout ce qu'il faut, c'est une légère intervention sur quelques cités. Nous avons un plan...

— Pourquoi ne pas l'avoir dit plus tôt ? J'attends !

Baine abattit son poing sur ses genoux. Une sorcière dont il s'était lassé depuis des lustres fut foudroyée. Quand la fumée se dissipa, seuls des lambeaux calcinés de son écharpe de soie subsistaient.

Les démons se rapprochèrent de leur seigneur enragé - mais pas trop près...

— Eh bien, Maître, voici comment nous voyons les choses...

CHAPITRE PREMIER

UNE CITÉ EN ÉMOI

La journée s'était annoncée ensoleillée et prodigue en fraîches senteurs. Mais le temps tourna vite à l'orage. A midi, le ciel bleu fut éclipsé par des nuages menaçants. Une cascade d'éclairs noirs s'abattit sur la ville à une cadence anormale.

Les citoyens de Phlan avaient vu pire. Hommes et bêtes coururent se mettre à l'abri.

Le soir venu, la tourmente dépassa tout ce qu'ils avaient connu ; des torrents de pluie et de grêle pilonnaient la contrée. Des vents cinglants déracinèrent des arbres, arrachèrent des toitures, emportèrent tout ce qui n'était pas solidement attaché. Pis encore, de titanesques éclairs zébraient les cieux, un tonnerre assourdissant faisait vibrer jusqu'aux fondations des édifices. Les vieilles gens ne se souvenaient pas avoir vu pareille tempête. Rien ne l'avait laissé présager.

D'heure en heure, l'orage surnaturel redoublait de violence. La foudre s'abattit sur les bravaches qui la défiaient encore.

Le mugissement des vents, le fracas de la grêle et des eaux rendaient le sommeil impossible. Les citoyens passèrent la nuit au coin du feu.

Parmi les gardes postés sur les remparts de la ville, peu s'aperçurent de la présence d'une étrange force magique. Une énergie occulte aux filaments argentés entoura d'un anneau de brume invisible les murs pourtant impénétrables de Phlan. L'émanation surnaturelle grandit puis se divisa. Des tentacules rampèrent sous la pierre et sous les fondations. Un réseau magique se mit en place sous chaque structure de la cité. Le nœud coulant se resserra pendant que la tempête faisait rage.

Dans une des plus fameuses résidences de la cité, une sorcière faisait les cent pas. A mesure qu'elle virevoltait d'une fenêtre à l'autre, sa robe de nuit pourpre battait sur ses jambes. Du sommet de la tour, la jeune femme avait une vue plongeante sur Phlan. Cette nuit-là, la tourmente empêchait de distinguer les toitures mitoyennes. Seule la lumière des éclairs permettait de s'assurer que la cité n'avait pas été soufflée par la bourrasque.

— Viens te coucher, Shal. La tempête continuera, que tu le veuilles ou non.

La voix de son mari avait la séduction du chant d'une sirène.

Elle agrippa le rebord de la fenêtre ; ses jointures blanchirent. Frustrée, elle retourna près de lui.

— Je ne peux pas dormir ! Cet ouragan me met dans tous mes états !

Tarl se redressa sur un coude :

— Les sorciers devraient se réunir les nuits d'orage, et grimper aux murs ensemble. Ou léviter. Ou voler dans les pièces. Ou...

Un nouveau coup de tonnerre couvrit sa voix et fit sursauter la jeune femme.

— La magie est fantastique, observa-t-elle, mais

quand ton corps devient un catalyseur d'énergie, ce type de tempête peut être brutal. Tu as de la chance que les prêtres n'aient pas le même problème !

La magicienne vint se coucher et enfouit sa tête sous l'oreiller.

Tarl en souleva un coin pour murmurer :

— Veux-tu un thé, ou du lait chaud ? Eh ! Qu'y a-t-il ?

Il prit sa femme dans ses bras. De grosses larmes roulaient sur ses joues ; elle frissonnait. Il la berça doucement, et repoussa ses tresses rousses :

— Tu as traversé de plus dures épreuves, ma chérie. Que se passe-t-il ?

— Je ne sais pas, sanglota-t-elle. Je me sens... bizarre.

— Es-tu malade ?

Il tâta son front brûlant.

— C'est vrai, j'ai vu pire, reprit-elle. Mais ceci est... *différent*. Je ne peux pas l'expliquer.

Elle se blottit contre lui. Il embrassa ses cheveux ; lui aussi était inquiet. Shal n'était pas facilement effrayée. Après les aventures traversées ensemble, les épreuves surmontées, ils s'étaient forgé des nerfs d'acier, en accord avec leur allure athlétique.

— Que puis-je faire pour t'aider, Shal ?

Elle leva les yeux vers lui :

— On ne peut rien d'autre qu'attendre.

Un claquement sec la fit bondir du lit ; le vent avait rabattu la porte, et la pluie s'engouffrait dans la pièce. Quand Shal courut refermer l'huis, un craquement plus violent encore retentit ; les six fenêtres venaient de voler en éclats.

— Par les dieux ! s'écria-t-elle. Dix ans ont passé, et je n'arrive toujours pas à me contrôler ! Reste où tu es, lança-t-elle à Tarl, couvrant les rugissements des vents. Je m'occupe des morceaux de verre.

Elle consulta son grimoire pour réparer les dégâts

par magie. L'eau qui perlait au bout de ses doigts et de ses cheveux s'évapora par enchantement.

Retournant à la porte, elle prit garde de ne pas se blesser sur les fragments de verre ; des volutes pourpres dansèrent le long de ses doigts tendus et entourèrent le verre cassé. Les débris flottèrent lentement au-dessus du sol et se ressoudèrent...

Les six fenêtres étaient réparées, comme neuves.

— Joli truc, n'est-ce pas ? dit-elle, transie de froid.

Elle était capable de magie plus puissante, mais elle se délectait des tours simples qui lui évitaient les menues corvées. De plus, l'incident lui avait momentanément fait oublier ses craintes.

Tarl alla chercher une grande serviette ; la chemise trempée de sa femme épousait les courbes de son corps...

— J'ai une idée pour dépenser notre trop-plein d'énergie, fit-il, une lueur taquine au fond des yeux.

Elle sourit en se séchant les cheveux, puis se drapa dans la serviette. Elle claqua des doigts : un cruchon de vin fin se matérialisa sur la table de nuit.

Tarl l'invita à le rejoindre au lit. Elle adorait contempler sa chevelure d'un blanc tirant sur le blond, qui cascadait sur des épaules bronzées. Lentement, la serviette glissa à terre...

La foudre et le tonnerre redoublèrent de violence.

*
* *

Même les vétérans de la garde tremblaient de peur sous la tourmente de fin du monde. Mais les rondes de nuit étaient indispensables.

Une main ridée s'abattit sur l'épaule d'un jeune garde. Il fit volte-face et découvrit deux vieux bonshommes. Le plus grand parla le premier :

— Regarde ça, Ston : cette bleusaille n'a même pas de poil au menton ! Et comble de malchance, il est de service par une nuit pareille ! Comment t'appelles-tu, fiston ?

— Jarad, seigneur, bafouilla le garçon.

L'autre prit la parole à son tour :

— Eh bien, Jarad, voici mon ami Tulen. Appelle-moi Ston. Tu as besoin d'aînés pour apprendre les ficelles du métier. Tu en as de la chance d'être tombé sur nous !

— Reste avec nous, mon garçon, continua Tulen. Nous sommes presque aussi vieux que ces pierres, et nous en avons vu pour ainsi dire autant.

Les vétérans se postèrent de part et d'autre du jeune homme, profitant de l'occasion pour égrener des contes de batailles légendaires.

Deux sorciers arrivèrent, flottant au-dessus du sol. Des sphères invisibles les protégeaient du mauvais temps.

— Vous devriez essayer la pluie, les jeunes ! gloussa Tulen. Elle pourrait dissiper cette abominable odeur de soufre !

Les vieux guerriers éclatèrent de rire.

Le mage en toge couleur moutarde se tourna vers son compagnon, l'air inquiet :

— Tarsis, j'empeste vraiment le soufre ?

— Ne leur prête aucune attention, Charan, répliqua sèchement l'interpellé. Ils ne sauraient que faire de la moitié de nos pouvoirs. Ces béotiens comprennent goutte à la magie.

Un éclair d'une violence inouïe s'abattit au cœur de la cité.

Soudain, *tout s'arrêta*.

Plus de pluie ni de vent.

Plus d'éclairs striant un ciel d'encre.

Quand un silence bizarre succéda à l'orage, même les vieux gardes eurent froid dans le dos. Ils dégainèrent leurs épées et scrutèrent les ténèbres.

— Je vais rejoindre Rakmar et sa catapulte ! souffla Ston. Tulen, fais en sorte que ces mages servent à quelque chose ! Sonne l'alarme ! Et tâche de trouver de la lumière !

Le vieux soldat disparut avec une vivacité étonnante.

Tulen prit une arbalète et un carquois empli de carreaux ; ces traits de lumière magique déchireraient la nuit infernale. Il ordonna au jeunot :

— Tire en l'air. N'essaie pas de viser. L'important est d'éclairer les plaines, qu'on voie ce qui nous arrive.

Il joignit le geste à la parole, imité par les autres gardes postés sur les tours. Les abords des remparts furent zébrés de traînées dorées. Rien ne semblait bouger alentour. Plus une goutte de pluie ne tombait du ciel.

— Je n'y comprends rien, gémit Jarad. La pluie s'est arrêtée, et tu donnes l'alarme ?

Sans cesser de tirer, le vétéran répondit :

— Je t'expliquerai plus tard. Reste près de moi, fiston, il y a du vilain dans l'air.

Dans le silence extraordinaire, un claquement de bottes sur le pavé mouillé annonça le retour de Ston. Il se joignit aux archers.

— L'alarme est donnée, annonça-t-il. La milice est sur le pied de guerre.

Tulen poussa un soupir de soulagement et décocha encore un carreau. Les hommes vidèrent trois autres carquois, et se penchèrent, scrutant les ténèbres.

*
* *

Dans la tour, mari et femme étaient blottis l'un

contre l'autre. Shal s'était calmée.

— Tarl, nous avons eu tant d'aventures dans notre vie... mais regrettes-tu que nous n'ayons pas eu d'enfants ?

Le prêtre fut pris au dépourvu. Elle abordait souvent le sujet au moment où il s'y attendait le moins. Il s'efforça de l'apaiser, même s'il ne savait pas trop ce qu'il ressentait :

— Si les dieux veulent que nous ayons des enfants, nous en aurons. N'y pense plus. Tu dois te détendre, et essayer de dormir.

Il posa un doigt sur ses lèvres ouvertes. La magicienne renonça à discuter davantage et se réinstalla confortablement entre ses bras.

Un éclair colossal fit trembler toute la ville.

Shal bondit hors du lit, et se remit à arpenter la pièce de long en large.

— Oh, dieux ! Quelque chose d'horrible vient d'arriver, je le *sais*. Tarl, habille-toi, on doit sortir.

Elle enfilait déjà une robe. Désorienté, il la regarda :

— Shal, tout va bien. Ce n'est que l'orage.

— Ce n'est pas l'orage ! Quelque chose de terrible s'est produit. Je t'en prie, habille-toi. On doit sortir, vite !

Elle avait les larmes aux yeux.

— D'accord, mon doux cœur. Je te crois. On y va.

Il mit une tunique, des hauts-de-chausses et des bottes. Un marteau de guerre en main, il descendit avec elle.

— Ecoute, fit-elle d'un ton angoissé, la pluie a cessé...

*
* *

Sur les remparts, c'était le branle-bas de combat. Champs et prairies alentour scintillaient sous les feux magiques qui ne manqueraient pas de trahir l'approche d'un ennemi. Des bûches enduites de poix s'abattraient sur les fantassins susceptibles de tenter l'escalade. Des servants chargeaient déjà les catapultes prêtes à cracher la mort.

— Psssst, Ston ! Rien à signaler ? murmura Tulen.

— Rien. C'est bien ce qui m'inquiète.

— Euh..., mes seigneurs, bafouilla Jarad, *où se trouve la lune* ?

— *Quoi* ?

— La lune... Elle est partie ! On ne voyait pas grand-chose dans cette tourmente, mais maintenant que le ciel est dégagé... elle n'est plus là.

— Il a raison, Tulen ! Regarde : pas de lune, pas de nuages. *Seigneur* ! Cela ne me dit rien qui vaille !

— Du calme, les gars. Vous êtes aussi nerveux que des pucelles !

— Bah ! cracha Ston. Sorcellerie et compagnie ! J'en mettrais ma main au feu. Donnez-moi des créatures à combattre, j'en fais mon affaire : des orcs, des squelettes, voire un dragon ou deux. Mais ces trucs de sorciers... Brrr ! Ça donne la chair de poule.

— Silence ! ordonna Tulen. Ecoutez.

Des centaines de soldats se matérialisèrent soudain. Ils parurent surgir de la terre elle-même.

— Je le savais, je le savais ! s'étrangla Ston. C'est de la diablerie !

— La ferme et tirez ! On a vu pire ! Allez, secouez-vous !

En donnant le signal, Tulen avait déjà tiré deux flèches.

Ils étaient à proximité des grandes portes de la ville. Les citoyens les appelaient les Portes de la Mort, en souvenir des milliers de monstres et de mercenaires qui étaient tombés là, au fil des ans.

Des récipients d'huile bouillante déversée du haut des remparts accueillirent les ennemis. Des sorciers lévitèrent hors d'atteinte et enflammèrent l'huile par magie. L'intense chaleur obligea les assiégeants à reculer.

Les volées de flèches embrasées arrosèrent les assaillants sans trêve ni répit. Les guerriers avaient beau surgir toujours plus nombreux, les archers émérites de Phlan faisaient des ravages dans leurs rangs.

Quand les flammes moururent, l'ennemi voulut à nouveau tenter une percée. Les servants des machines lourdes enflammèrent les bûches enduites de poix, que les catapultes lancèrent par-dessus les murs. Des dizaines de soldats ennemis brûlèrent vifs ; des centaines tournèrent les talons et battirent en retraite.

*
* *

Loin du champ de bataille et du danger, le sorcier qui dirigeait l'armée ennemie observait l'assaut. Il jubilait - une réaction plutôt étrange, vu les pertes considérables que subissaient ses forces. Elles n'avaient pas encore réussi de percée notable. Mais les citoyens ne soupçonnaient pas que le pire était à venir. La ville entière avait été *volée* ; elle était tombée dans une immense grotte. Baine le Fléau serait heureux. Le sorcier gagnerait un pouvoir plus grand encore que tout ce qu'il aurait pu rêver.

Restait à conquérir la ville et à arracher leur âme aux citoyens, grâce à la Fontaine de Ténèbres. Selon lui, il s'agissait de l'étape la plus facile de son plan.

Ses troupes étaient formidables : des humains luttaient aux côtés d'orcs à face porcine ; des hommes-lézards à peau reptilienne côtoyaient des gobelins. Les rudes vétérans nourrissaient le plus grand respect pour leur chef, un Sorcier Rouge originaire de la lointaine contrée de Thay. On leur avait offert des quantités astronomiques d'or pour une mission facile. En plus de leur solde, ils pourraient piller tout leur soûl.

Le sorcier frappa du poing :

— Où sont mes démons ?

Des volutes noires se cristallisèrent instantanément, se nouèrent et fusionnèrent pour créer une horreur d'ébène, haute d'environ quatre mètres.

— Quels sont tes ordres, Maître ?

La voix caverneuse de l'apparition le prit d'abord au dépourvu. Puis le Sorcier Rouge le foudroya du regard :

— De quoi avons-nous l'air, là-dehors ? Invoque tes séides et au travail ! Ces minables ne tiendront pas longtemps face à un démon des crevasses, et à ses chiens de l'enfer. Ton escouade à elle seule devrait les terrifier au point de les obliger à la reddition ! Va !

Marcus frappa de nouveau du poing. Son visage cramoisi était parfaitement assorti à sa tunique.

La monstruosité ailée hocha la tête. Elle fléchit ses muscles et s'étira, dévoilant de grandes serres. Une bave verdâtre suintait de la gueule de la bête. De la fumée s'élevait de la terre carbonisée à mesure que la bave s'y écrasait. Même si la créature rappelait une gargouille, il était évident que sa force était dix fois supérieure. Sa peau couverte de croûtes grinça quand le monstre appela ses suivants : de noires étincelles jaillirent à la surface de son corps.

Une par une, d'autres formes issues des boyaux des Neuf Enfers se matérialisèrent. Des volutes malsaines se formèrent autour du démon et se solidifièrent en créatures compactes. Même si elles étaient plus petites comparées à leur maître, les bêtes restaient des visions de cauchemar. Vaguement humanoïdes, elles arboraient des ailes et une queue. Les monstres sautillèrent sur des pieds griffus : une odeur de chair carbonisée emplit l'air. Les douze créatures portaient des tridents noirs. La troupe infernale bavait et sifflait, impatiente de participer à la curée.

La rage du Sorcier Rouge fit place à l'allégresse :

— Des spinagons ! Merveilleuses créatures ! Ils vont semer la terreur parmi ces minables humains ! Allez, maintenant ! Ma récompense, ce sera les âmes de Phlan, et je n'ai pas l'intention d'attendre plus longtemps !

Marcus avait le regard fiévreux.

Le démon des crevasses battit des ailes et s'éleva, ses sbires à sa suite.

*
* *

Les défenseurs n'avaient aucune peine à repousser l'ennemi. Les cadavres s'entassaient au pied des remparts, alors que les prêtres avaient constaté la mort d'une douzaine de gardes seulement. Ils soignaient les blessés légers, qui ne tardaient pas à retourner à leur poste. Les blessés graves, en revanche, étaient transportés dans les temples transformés en centres de soins.

Les servants chargeaient sans relâche les catapultes. Les archers faisaient pleuvoir des multitudes de flèches meurtrières sur les fantassins. Les sorciers affluaient de toutes parts, et survolaient les combattants, bombardant l'ennemi de boules de feu, d'éclairs et de givre. Les bataillons de gobelins rompirent les rangs et fuirent le champ de bataille.

Aux Portes de la Mort, des cris de triomphe couvrirent les clameurs belliqueuses, et roulèrent le long des murs.

— Tarl arrive !

— Maître Tarl est là pour nous aider à sauver la ville !

Le prêtre rougit à pareil accueil et se tourna vers sa femme :

— Par les dieux, quand tu as raison, ce n'est pas qu'un peu ! Nous avons des problèmes ! Trouve un bon point d'observation, et déclenche une pluie pourpre de mort sur nos assaillants, quels qu'ils soient !

Il déposa un baiser sur sa joue ; elle s'éleva pour rejoindre les autres sorciers dans les nues.

Dans l'escalier menant au chemin de ronde, Tarl fit une pause :

— Sacrebleu ! Frère Anton a pris le Marteau sacré de Tyr pour la cérémonie du Printemps. J'en aurais diablement besoin maintenant ! Mais celui-ci devra faire l'affaire.

Il monta les marches quatre à quatre. Un marteau d'un bleu scintillant se matérialisa entre ses mains.

Celui qu'il tenait à l'instant avait disparu.

— *Quoi* ? Je suis seul à pouvoir invoquer cette arme, et je ne l'ai pas encore demandée ! Du moins, je ne crois pas... (Il haussa les épaules.) En tout cas, tu es là ! Rendons Tyr fier de nous !

Le serviteur du dieu de la Justice se joignit à la mêlée.

Le fracas de la bataille était si assourdissant que la

plupart des défenseurs ne remarquèrent pas une légère brume bleue dans le ciel. Les sorciers la virent les premiers. Une demi-douzaine de sorts fut nécessaire pour en déterminer la nature.

L'émanation semblait n'avoir d'autre but que d'éclairer la scène. Sa luminosité s'accrut au point qu'on se croie en plein après-midi. Intrigués, les thaumaturges continuèrent de lancer sort sur sort contre l'ennemi. Soudain, à l'extrémité de leur groupe aérien, l'un d'eux poussa un cri d'alarme.

Au loin, treize points noirs se matérialisèrent. On distingua bientôt des ailes.

— Des démons ! Ils se dirigent vers nous !

Les sorciers adoptèrent une nouvelle formation de combat, en cercle. Ainsi disposés, ils étaient à même de riposter aux démons sous n'importe quel angle.

Shal orienta quatre éclairs pourpres contre le gros de l'ennemi ; les magiciens la secondaient de leur mieux. Les mages avaient coutume de signer leurs œuvres d'une teinte qui leur était propre. Des traînées de bleu, de jaune, d'orange, de rose et de rouge striaient l'espace de toutes parts, dessinant de merveilleux et mortels arcs-en-ciel.

Au-dessous d'eux, sur le chemin de ronde, Ston beuglait :

— Regarde, Tulen ! De la magie pourpre ! Dame Shal est arrivée pour balayer ces créatures !

Le vétéran sautillait presque d'excitation.

— Je croyais que tu détestais la magie, vieux frère ! le taquina Tulen.

— Abruti ! Bien sûr que je la déteste, mais pas quand on lui doit une fière chandelle !

Tulen désigna une nuée de spinagons et leur chef à la carrure massive.

Ils visèrent soigneusement et tirèrent.

Les carreaux firent mouche. Mais au lieu de s'enfoncer dans la chair noirâtre des bêtes, ils rebondirent et tombèrent à terre. D'autres flèches et des roches catapultées furent également déviées. Les monstres ripostèrent par des lances empoisonnées.

Tandis que les démons aux ailes de cuir fondaient hardiment sur les défenses affaiblies, une riposte magique s'élança contre les horreurs volantes. Des éclairs de formes et de couleurs infiniment variées grésillèrent à l'assaut de l'infâme troupe ailée. Un tiers de l'énergie invoquée se dissipa, mais le reste percuta l'ennemi en une gerbe de mort. Une traînée pourpre anéantit deux spinagons, les projetant à terre où ils explosèrent en un geyser de cendres. Des filaments jaune et bleu en détruisirent un autre. Les démons se séparèrent et battirent des ailes autour de la sphère formée par les sorciers ; ils dardèrent leurs lances, qui rebondirent contre l'immense bouclier magique, inoffensives.

Une douzaine de sortilèges plus tard, le dernier des spinagons s'abattait à terre en une mortelle spirale. Le démon des crevasses poussa un hurlement de rage, se préparant à battre en retraite. Ses sbires avaient infligé des blessures aux défenseurs, mais la ville opposait une étonnante résistance. A la vue des créatures vomies par les Neuf Enfers, la moitié des habitants aurait dû fuir avec des glapissements de terreur. Mais les démons s'étaient vu repoussés à peu de frais...

Bouillonnant de fureur, l'être s'éloigna pour retourner auprès de Marcus.

Des cris de victoire saluèrent la retraite du dernier monstre. Les soldats ripostèrent de plus belle aux assauts d'un ennemi moins infernal.

Sur le champ de bataille, les survivants finirent par s'égailler à toutes jambes. Des charges de catapultes et des volées de flèches les poursuivirent dans les ténèbres. Des cris de victoire éclatèrent de tous côtés.

Quand les clameurs moururent, Tarl examina les dégâts infligés aux murailles. La vérité qu'il découvrit le laissa bouche bée : la ville entière avait été transportée dans une grotte aux dimensions fantastiques !

— Regarde, Maître Tarl ! Quelqu'un a volé le ciel !

Shal revint près de son mari, hochant la tête pour confirmer la sinistre nouvelle.

Le pire était à venir.

CHAPITRE II

DES RÊVES A DONNER LE FRISSON

A une centaine de lieues au nord de la ville disparue, un ranger chevronné avait établi son camp dans un bosquet de pins, à l'abri des violentes bourrasques et de la foudre. Le guerrier dormait profondément malgré le mauvais temps, mais des visions cauchemardesques troublaient son sommeil.

— *Shal ! Attention !* (Il se redressa, brutalement tiré de ses rêves.) Tarl ! Il y a quelque chose... Quelque chose...

Sa voix mourut. Il ignorait lui-même ce qu'il avait été sur le point de dire. La pluie filtrait des feuillages des grands épineux.

A trois reprises, les quatre dernières semaines, Ren avait eu le même cauchemar. Il se secoua. Les vents infernaux véhiculaient partout la pluie battante.

— Pourquoi est-ce que je fais toujours le même rêve ?

Epée en main, il se leva et scruta les alentours, au cas où des orcs auraient entendu ses cris d'angoisse.

Après plusieurs minutes tendues, il leva le camp,

soulagé d'être seul. Même ses affaires restées empaquetées étaient mouillées. Les tempêtes faisaient rage depuis plus d'un mois. Ce déluge cesserait-il un jour ?

Son cheval de combat, nommé Filou, supporta stoïquement les baluchons que Ren lui mit en croupe.

Un mois plus tôt, il avait demandé au Conseil de Glistère l'autorisation de s'installer dans une vallée proche. Les rangers savaient que la terre n'était pas une chose que l'on pouvait *posséder*. On s'installait dans une région, on cultivait les champs, on les protégeait des créatures malfaisantes. Mais les communautés naissaient et mouraient en une succession de cycles réguliers ; la terre, elle, demeurait immuable. Ren demandait simplement le droit d'y vivre en paix.

Au terme de plusieurs heures de dispute, il avait arraché leur accord aux conseillers. S'il éliminait les bandes d'orcs qui écumaient la région, il se verrait remettre une charte lui garantissant la jouissance de la vallée. Le Conseil lui avait proposé des troupes, mais Ren préférait agir seul.

Il chevauchait maintenant dans la contrée, tranquille mais trempé jusqu'aux os.

Il avait fait de son mieux pour produire une bonne impression sur les conseillers de la ville. Il s'était présenté vêtu d'une fine cotte de mailles argentée, produit du travail des elfes. Ses dagues magiques dépassaient légèrement de ses bottes en peau de dragon. Il portait en bandoulière une épée à deux mains, et, sur un bras, un manteau de dissimulation. Son équipement impressionnant, sa taille de colosse, sa barbe poivre et sel en disaient long sur ses talents et ses années d'expérience. Mais si Ren était un homme d'action, il n'avait rien d'un beau parleur. Sa mission aurait-elle été simplifiée s'il leur avait paru un peu moins capable ?

— Comme maintenant, marmonna-t-il.

Ses cheveux étaient plaqués par la pluie, sa cotte de mailles et ses bottes maculées de boue. Des aiguilles de pin collaient à ses jambières. Même son cheval de guerre avait l'air minable.

— Peut-être l'ennemi sous-estimera-t-il mes talents de guerrier, soupira-t-il, s'efforçant de voir le bon côté des choses.

Plus tôt ce jour-là, il avait soigneusement exploré les parages ; il connaissait le lieu de réunion des orcs. Le ranger rampa vers un promontoire qui surplombait le campement ennemi.

Il jeta un coup d'œil prudent : des feux de camp disposés en cercle illuminaient la vallée. Le ruisseau gonflé par les eaux était devenu un torrent. Le terrain boueux ne semblait guère incommoder les hommes-sangliers. Ils sortaient de tentes détrempées pour se réunir autour d'un feu.

Tout en surveillant la scène, Ren laissa ses pensées vagabonder... Il n'avait plus repensé à Shal et Tarl depuis des mois. Bons amis, leurs chemins avaient divergé après la mort du dragon de bronze. Dix ans s'étaient écoulés depuis.

La persistance de son cauchemar le minait : dans la tour de Denlor, il voyait Shal et Tarl, plus âgés, réveillés par un véritable séisme... Nue, la magicienne se précipitait pour attraper un carré de tissu pourpre muni de nombreuses poches... Tarl s'emparait de son marteau de guerre et de son bouclier... Le cauchemar montrait ensuite Shal déversant des torrents d'énergie violette sur un ennemi invisible, et Tarl luttant contre quelque chose d'horrible...

Ses propres cris le réveillaient alors, avant qu'il puisse savoir à quelles horreurs ses amis étaient confrontés.

La première fois, le rêve l'avait inquiété. La troisième, il en était resté bouleversé. Il n'était pas du genre à avoir des visions...

Il maudissait à présent l'accord conclu avec le Conseil. Il devait consacrer son énergie à déloger les orcs. S'il ne s'y était pas engagé par écrit, il aurait volontiers délégué ses responsabilités, et abandonné la mission pour se lancer à la recherche de ses amis.

Cela l'avait amené à prendre des risques qu'il n'aurait pas envisagés en temps normal. N'importe quel ranger expérimenté pouvait combattre sans crainte cinq ou six orcs. Un guerrier orc ordinaire, d'environ un mètre cinquante, aimait user de l'arc et de la fronde plutôt que se risquer au corps à corps. La plupart ne brillaient guère au combat rapproché.

Les orcs aimaient voyager en groupes ; le nombre les rendait téméraires. Aiguillonné par son inquiétude, Ren s'en était pris à des hordes comptant de dix à trente orcs. Il usait d'une tactique pour le moins téméraire, car les fuyards couraient donner l'alerte. Le chasseur devenait la proie.

Les semaines suivantes, Ren avait désamorcé quantité de pièges. Après vingt ans passés dans les bois, seuls les elfes et les natifs étaient plus agiles et discrets que lui.

Le ranger avait failli retourner à Glistère lever les troupes que le Conseil lui avait proposées. Mais cela l'aurait trop retardé. Les orcs auraient changé de région entre-temps, et installé de nouveaux pièges. De plus, Ren se fiait à son instinct ; quand il n'était pas seul, il détestait avoir à s'inquiéter pour ses compagnons de combat.

Se forçant à revenir au présent, il remarqua sept totems représentant chacun un chef guerrier. Il les connaissait bien pour en avoir déjà pris seize et les avoir stockés pour garder des preuves de ses actions.

Scrutant les ténèbres, il vit des nains emprisonnés dans des enclos à esclaves. Les petits guerriers avaient été torturés. Il fallait les délivrer au plus vite, trouver un plan ou, au pire, mettre un terme à leurs souffrances.

Trois grands totems l'attiraient particulièrement ; ils étaient différents. Des demi-orcs pullulaient autour d'eux. Un éclair déchira le ciel ; la pluie battante reprit de plus belle... Ren soupira.

Des demi-orcs... Ces hybrides étaient plus grands, plus intelligents et plus féroces que leurs cousins de pure race. Les trois totems impliquaient trois bandes puissantes bien organisées. Le ranger scruta le terrain ; les demi-orcs avaient en général l'intelligence de poster des sentinelles.

Il finit par repérer un garde sous un arbre, à une cinquantaine de mètres. Obnubilé par les trombes d'eau, celui-ci ne poserait pas de problème immédiat.

Ren remarqua une bande de géants des collines, d'une taille moyenne de quatre mètres - difficile de ne pas les voir ! L'intelligence n'était pas leur fort, mais leur musculature compensait amplement leur stupidité. Ils tiraient ressource de communautés humaines qu'ils terrorisaient. D'apparence primitive, leur corps possédait des bras démesurément longs. Leur front fuyant rappelait celui des singes. Ren en avait combattu à l'occasion. Ces géants patauds n'étaient pas indestructibles. Mais à quarante contre un, ç'aurait été du suicide.

Il n'avait plus le choix ; il devait retourner lever une armée à Glistère. Mais cela revenait à laisser les nains captifs endurer d'atroces souffrances aux mains des orcs. D'un autre côté, s'il les délivrait, la situation s'en trouverait modifiée. A la tête de quarante nains armés, il pourrait venir à bout de cette légion de monstres.

Rampant dans la boue, Ren se glissa jusqu'à l'arbre où était postée la sentinelle, heureux que le mauvais temps couvre ses mouvements. Il approcha ensuite de sa proie.

L'orc avait bien choisi son poste d'observation : il dominait le nord de la vallée. Sans la pluie, on n'aurait jamais pu le surprendre.

A quelques pas du garde, le ranger glissa et s'étala dans la boue avec un bruit mat. L'homme-sanglier bondit et encocha une flèche. Il apprit à ses dépens que la corde d'un arc détrempé était à peu près aussi efficace que des nouilles...

Son air surpris, quand il vit la flèche choir à ses pieds ne fut rien en comparaison de sa terreur quand la mort le faucha ; Ren le coupa presque en deux.

Son cœur battait la chamade ; lui aussi avait frôlé la mort.

Le ranger empoigna les flèches du carquois du mort et courut prendre son arc long sur son cheval, attaché non loin de là. Il n'était pas aussi doué à ce jeu que d'autres rangers. Mais son arc était resté au sec, et serait efficace, au moins pour un temps. Si son plan échouait, il n'aurait plus rien à perdre. Il mena Filou silencieusement par la bride.

La tempête faisait rage. Le ciel était déchiqueté par les éclairs, le tonnerre roulait au-dessus de la vallée. Il tombait des hallebardes. Ren discerna des grappes d'orcs serrés les uns contre les autres. En partie abrité par le chêne blanc, il se mit à tirer sur eux, de plus en plus vite, pour utiliser l'arme au maximum avant que la pluie torrentielle la rende inutile. L'assaut donnerait l'impression qu'une véritable tribu les attaquait.

L'effet d'une flèche d'orc noire, jaillie de nulle part, dépassa toutes les espérances de Ren. A l'instar d'un essaim d'abeilles furieuses, les orcs dégainèrent leurs armes avec force hurlements. La seule chose qu'ils détestaient plus que les humains ou les nains, c'étaient les bandes adverses. Les créatures pensèrent naturellement qu'un autre clan de la vallée les agressait. Le ranger garda ses dernières flèches noires pour les géants des collines. Les brutes épaisses s'imaginèrent que les orcs voulaient les doubler.

Bientôt, on assista à une mêlée de monstres ; la vallée fut le théâtre d'une bataille titanesque entre orcs et géants. Ren n'avait plus de flèches. S'il courait libérer les petits prisonniers, les géants et les orcs s'uniraient de nouveau contre lui. S'il restait sur la colline, il arriverait trop tard pour sauver les nains.

Il assista à la lutte. Les demi-orcs eurent tôt fait de se débarrasser des orcs ; restèrent les géants. La mêlée se déplaça vers le sud. La boue et la crue du ruisseau gorgé de pluies gênaient les orcs, tandis que les géants y prenaient à peine garde. Ces derniers expédiaient leurs adversaires d'un seul coup de poing. Ren saisit l'occasion. Il monta en selle et chargea, épée haute. Le fil acéré de sa lame coupa en un clin d'œil les cordes des enclos aux esclaves.

— Sauvez-vous tant que ces idiots sont occupés ! cria-t-il aux nains.

C'était compter sans la haine de leurs bourreaux.

Les quarante guerriers, pourtant blessés et épuisés, ramassèrent tous une arme et un bouclier, et se ruèrent dans la mêlée comme un seul homme.

Le ranger n'avait plus le choix. Si les nains étaient déterminés, l'honneur exigeait qu'il reste et se batte à leurs côtés. Il sauta de son cheval et l'enferma dans l'enclos. Puis il fonça à son tour.

Au milieu des clameurs, un chant s'éleva. De toutes les années passées à combattre, Ren ne s'était jamais battu aux côtés de nains. Il sut alors qu'ils allaient à la mort en chantant.

Ceux qui n'avaient pas d'armure entonnèrent un hymne sourd. Le rythme coordonnait leurs offensives, unissant leurs efforts en une unique volonté de tuer. Géants et orcs furent aussi surpris les uns que les autres par ce nouvel afflux de guerriers, et par leur chant apparemment joyeux. Leur fatigue paraissait s'être envolée. Ren entendait le martèlement de la pluie, les grognements, le choc des armes, et par-dessus tout, l'étonnant chant des petits hommes. Plus surprenant encore, il se sentit transporté par une énergie nouvelle, qui semblait faire vibrer l'air autour de lui.

La bataille prit la tournure d'une indescriptible mêlée de bras et de jambes monstrueuses. Le ranger plongeait, feintait, virevoltait ; l'instinct le guidait totalement. Il ne ralentit jamais. Ses coups d'estoc et de taille semèrent la mort dans les troupes ennemies. Les nains luttèrent farouchement contre les géants ; ces derniers avaient du mal à atteindre les créatures qui couraient entre leurs jambes.

Longtemps, l'issue du combat demeura incertaine. Pratique de nature, Ren était prêt à donner le signal de la retraite si ses alliés étaient en difficulté. Mais les rangs des géants s'éclaircirent. Il devint le fer de lance d'une force de frappe mortelle.

Ne resta plus qu'un géant.

Pantelant, Ren avança. Les chants s'interrompirent...

— Recule, humain. Celui-ci est à moi !

Des quinze survivants, sur quarante captifs, le nain qui venait de crier était le plus costaud. Il tenait d'une main un bouclier trop grand pour sa taille, et de l'autre, un gourdin à pointes que même l'humain aurait eu du mal à manier.

— Lui et sa tribu ont décimé la mienne et ont massacré beaucoup des nôtres, expliqua le petit guerrier. C'est à moi que revient l'ultime vengeance. Rien ni personne ne m'arrêtera !

Il reprit le chant conquérant, imité par ses frères d'armes, qui restèrent à bonne distance du duel à venir.

Le dernier des géants était aussi un chef, armé de pied en cap et vêtu d'une cotte de mailles de bronze. Cela surprit le ranger : les géants s'habillaient d'ordinaire de peaux de bêtes, adaptées à leur intelligence très limitée. Le bâton de bronze que tenait son adversaire l'intrigua également.

Entre les deux antagonistes, il n'était pas question de se tourner autour, ou de se jauger ; une haine pure, issue de conflits vieux de plusieurs générations, les opposait d'emblée. Tous deux jetèrent leur bouclier à terre et se précipitèrent l'un sur l'autre. Au premier choc, ils tombèrent foudroyés : le géant des collines, la poitrine écrasée par un coup de gourdin, le nain, le crâne défoncé par le bâton.

Ren s'affligea de la mort inutile du nain. Avait-il voulu effacer la honte de sa capture en se jetant ainsi dans les bras de la mort ? Il n'y avait nulle logique à cela. Mais la haine n'avait rien de sensé.

— Humain, demanda un autre, quel est ton nom ?

— Ren de la Lame. Que font tes amis ?

— Nous ne quittons pas de champ de bataille sans achever les ennemis blessés. Nous avons une dette d'acier et de sang envers toi, une chose que nous ne prenons jamais à la légère.

Ren eut une idée :

— Si vous pensez être mes obligés, apportez ces totems d'orcs à Glistère, et nous serons quittes. J'en ai caché d'autres dans les bois. Si vous les remettez au Conseil des humains, là-bas, ainsi que cette charte, je vous en serai reconnaissant. Dites-leur que Ren a accompli sa mission. Le ferez-vous ?

— Oui, et plus encore. Nous avons entendu parler de toi, ranger, et de ta lutte contre les orcs pour t'établir dans la Vallée des Chutes. Sache que tu es, à compter de ce jour, notre frère d'armes. Nous allons répandre la nouvelle de tes exploits.

Le nain s'inclina avec respect ; Ren rougit de cet honneur.

Les jours suivants, il les aida à enterrer leurs morts, tandis que géants et orcs étaient laissés aux éléments naturels. Ren s'abstint de détrousser les cadavres ; les nains auraient vu cela d'un œil dégoûté.

— Nous veillerons à ce que la Vallée des Chutes soit pour toujours réservée à toi et à tes enfants, Ren. Tu as la promesse solennelle des nains !

Le ranger fit des adieux émus à ses nouveaux amis et reprit la route sur son cheval de guerre. Il reviendrait d'ici plusieurs semaines, en compagnie de Shal et de Tarl. Une petite voix, en son for intérieur, l'avertissait cependant que quelque chose de terrible s'était produit dans la ville de Phlan.

CHAPITRE III

LA CITÉ DE L'INQUIÉTUDE

Dans les rues ravagées par la guerre, les habitants faisaient leurs dernières courses avant le crépuscule. Même si la succession des jours et des nuits était devenue artificielle dans la caverne oubliée des dieux, la pénombre pouvait signifier un nouvel affrontement. Les citadins observaient d'eux-mêmes le couvre-feu ; ils se risquaient rarement hors de leur logis la nuit venue.

Parmi les villageois se trouvait un gaillard de grande taille, aux cheveux blancs. Mais sa musculature était celle d'un jeune homme. Il venait de passer les troupes en revue, et d'inspecter l'armement et les défenses.

Tarl entra dans une boulangerie pour retrouver une femme mince, d'âge mur :

— Je dormirai mieux, Célie, avec la certitude que le moral de nos soldats est bon. Te reste-t-il des tartes pour *me* redonner le moral ?

Célie lui donna le détail de ce qu'il lui restait, et Tarl fit son choix.

— Tu devrais rentrer maintenant, Célie, tant qu'il y a des gens dans les rues. Une femme menue comme toi est une proie aisée pour les démons qui nous ont attaqués il y a quelques jours.

— Tu es mon dernier client, Tarl. Je ferme boutique dans un instant.

Tarl alla clore les volets de bois ; ils n'offriraient aucune protection contre les démons ou les boules de feu. Mais de tels gestes continuaient de paraître normaux dans le chaos de leur nouvelle existence.

— Je te raccompagne chez toi, Célie, décida-t-il ensuite. Inutile de discuter.

Tandis qu'il barricadait l'arrière-boutique, elle glissa la friandise favorite de sa femme dans le panier de Tarl.

En chemin, le champion de Tyr parla des défenses de Phlan, heureux de sentir le soulagement chez son amie.

— Nous sommes peut-être emprisonnés dans un cul-de-basse-fosse magique, mais nous voilà prêts à tout. Les prêtres ont béni les armes de jet, les plus efficaces contre des démons, après les sorts, bien sûr. Les remparts sont solides et intacts. La première attaque nous a coûté une vingtaine de vies. Nos réserves de nourriture sont considérables. Je suis certain que nous pouvons nous tirer indemnes de cette catastrophe, comme cela a déjà été le cas dans le passé.

Une fois Célie en sécurité, Tarl revint chez lui, aidant au passage quelques voisins à se barricader pour la nuit.

Dans un petit square, un attroupement l'intrigua, il approcha. Il reconnut l'orateur juché sur un banc : Garanos, un ancien guerrier, héros fameux de Phlan. Son fier discours était inspiré :

— Même l'attaque des dragons, il y a trois siècles, n'a pas réussi à nous anéantir. Malgré les horreurs et les sièges, nous n'avons jamais capitulé. Nos ancêtres ont connu des désastres, mais ils ont toujours lutté âprement, et vaincu les pires ennemis.

« Aucun sorcier, ni érudit, n'a pu expliquer pourquoi une centaine de dragons s'était envolée pour venir détruire notre contrée. Mais Phlan a survécu, et s'est relevée de ses ruines, bien avant que naisse mon arrière-arrière-grand-père. La cité est devenue un important centre commercial et un port fluvial. Tout cela ne s'accomplit pas sans sacrifices.

« Les créatures qui hantaient les ruines et attaquaient à la nuit tombée versaient le sang de centaines de nos concitoyens. Elles affluaient, venues des Montagnes de l'Epine Dorsale du Monde et des Terres Grises de Thar. Phlan résista, là encore. Notre ville s'est fortifiée pour briser les attaques de ces monstres. Les mêmes murs nous protègent depuis des décennies. »

Garanos remarqua la présence de Tarl à l'arrière de la foule. Il lui cria de le rejoindre vite, imité par la populace. Rougissant légèrement, le prêtre se fraya un passage et rejoignit l'orateur.

— Nobles citoyens, commença-t-il, vous avez toutes les raisons d'être fiers du passé de votre ville, et d'espérer pour l'avenir. Les guerres ont ensanglanté nos remparts, mais à l'instar de ces murs, nous devons tenir bon.

« Ces trois derniers siècles, depuis l'assaut des dragons, notre cité n'a cessé de se fortifier et a prospéré malgré les attaques répétées. Des hordes d'orcs, des escouades de mercenaires, des meutes de monstres ont cherché à percer nos défenses, le jour comme la nuit, qu'il pleuve, qu'il neige ou qu'il vente. Mais nos aïeux ne se sont jamais rendus.

« Monter la garde du haut de nos remparts est devenu un honneur suprême, une marque insigne de courage. Des sections portent encore le nom du

Fléau de l'Orc, de l'Ultime Résistance de Denlor, du Massacre des Innocents, ou de l'Ossuaire.

« Ce matin encore, j'ai inspecté les portes nord, celles que nous appelons les portes de la Mort. Elles sont plus solides que jamais. Beaucoup d'entre vous doivent se souvenir de tous les noms dont furent successivement baptisées ces portes : « Portes de la Compagnie Noire », après la mort de cinq cents mercenaires contre une horde d'ogres, « Portes de l'Epine de Gobelin », après qu'une armée de gobelins et d'orcs eut voulu les défoncer ; et encore les « Portes de l'Ogre », les « Portes du Géant de Feu »... Autant de noms qui témoignent des horreurs que Phlan a dû combattre. Pour finir, on les a appelées les « Portes de la Mort ».

Venu des cieux, un vieux sorcier surgit entre les deux héros qui haranguaient les citoyens. Il s'agissait d'Auranzath, puissant thaumaturge et historien de la ville.

— Dites-moi, commença-t-il d'une voix grinçante, joueriez-vous les poules mouillées, mes enfants ? Que diraient vos ancêtres s'ils vous voyaient ? Ils ont subi bien pire et ils ne se sont jamais plaints ! Vous connaissez tous la Tour Brisée... mais combien savent son histoire ? Elle protégeait les quais et la baie. Son enceinte était la cible favorite de nos ennemis. Horde après horde, tels des vagues déferlantes, les monstres partaient à l'assaut... en pure perte. Leurs béliers et leurs sortilèges ne leur servaient à rien ! Sauf une fois, où les gobelins et les géants des collines se sont infiltrés par la brèche qu'ils avaient pratiquée, espérant piller à leur aise ! Mais là, ils se sont heurtés à une nouvelle enceinte intérieure : un rempart d'acier et de chair a repoussé leur attaque ! Les monstres ont dû battre en retraite... Alors, hardi les gars ! Montrez-leur un peu de quel bois nous nous chauffons !

Le discours fut salué par des cris et des applaudissements enthousiastes. Au milieu du brouhaha, Garanos confia à ses deux compagnons :

— Ces braves gens paraissaient prêts à baisser les bras ! Il fallait ranimer en eux la flamme de l'espoir et du courage. Grâce aux dieux, vous êtes arrivés tous les deux à point nommé pour m'y aider !

Le vaillant trio sourit aux enthousiastes. Puis Tarl leva une main pour obtenir à nouveau le silence. Il donna pour instructions de se préparer à l'affrontement du lendemain. Le prêtre reprit ensuite sa route.

Les citoyens avaient des raisons de s'inquiéter : nul ne savait ce qui s'était passé, et ils commençaient à réaliser l'horreur de leur situation.

La maison de Tarl faisait partie des hauts lieux de la ville. La tour de Denlor avait vu tous les conflits se dérouler, année après année. Symbole de force et véritable défi à la face des êtres démoniaques, elle se dressait à l'extrême nord de Phlan. Elle agissait comme un aimant, tant pour les puissances maléfiques que pour les enchanteurs bienveillants. Les défenseurs doués de facultés magiques s'étaient rassemblés en masse à la tour de Denlor. Après avoir contrarié pendant des années les machinations des sorciers voués à la cause du mal, Denlor avait été assassiné. La puissante enchanteresse qui était venue s'installer ensuite dans les lieux, Shal Bal de Cormyr, avait insisté pour que le nom d'origine demeure.

Parvenu dans la tour, Tarl grimpa l'escalier en colimaçon, appelant sa femme. Il la trouva à l'étude, occupée à lire ; ils discutèrent d'un sujet devenu douloureux.

— Tarl, dit-elle, le premier conseiller Kroegel désire que tu te joignes au Conseil de la ville. Les chefs de ton temple approuvent : Phlan a besoin d'un chef fort, tu es cet homme.

Exaspéré, il se mit à arpenter la pièce, réfléchissant à la question :

— Je t'en prie, ne nous disputons pas une fois de plus à ce sujet. On t'a fait la même proposition au moins autant de fois qu'à moi. Je suis un prêtre, pas un politicien. Du reste, maintenant que me voilà promu conseiller militaire, je ne pourrais pas assurer les deux postes en même temps, ou je ne connaîtrais plus le moindre repos.

— *Repos* ? Comment peux-tu penser au repos alors que Phlan a plus que jamais besoin de toi ! Des armées de démons sont à nos portes !

Tarl voulut la prendre dans ses bras, mais elle le repoussa. Sa robe pourpre virevoltait et le prêtre se surprit à s'imaginer à la place de la belle tunique...

— Tarl, nous n'avons pas fini d'en rediscuter, dit-elle, l'arrachant à ses rêveries.

— Ecoute, Kroegel m'a donné jusqu'à la fin de la semaine pour lui répondre. Ne pourrions-nous oublier un moment nos tracas et profiter de ce répit ?

Il sortit la friandise de Célie de son panier et y mordit à belles dents, sachant que sa femme ne résisterait pas à la tentation. Elle le rejoignit et lui entoura la taille d'un bras, se découvrant soudain un appétit féroce.

Leur repas achevé, elle tourna vers lui de grands yeux effrayés :

— J'ai peur.

— Tant que je vivrai, dit-il, l'entourant de ses bras, je ne laisserai personne ni rien au monde te blesser. Qu'est-ce qui t'effraie ?

— Ce vide..., soupira-t-elle. Tout ignorer de notre sort est pire encore. J'ai eu recours à tous les sorts de détection possibles, sans résultat. Les autres sorciers subissent les mêmes échecs. Une puissance maléfique guette l'occasion de nous sauter dessus, sans que nous puissions nous défendre.

Tarl s'inquiéta ; d'ordinaire, sa femme n'était pas si craintive.

— Viens avec moi, murmura-t-il.

Il la conduisit à leur balcon favori, qui offrait une vue d'ensemble de la ville, ainsi qu'une vue partielle de la Mer de Lune, du moins s'ils n'avaient été emprisonnés sous terre.

— Shal, que puis-je faire pour que tu oublies tes craintes ? Je veux ton bonheur. Il est dur d'être toujours en première ligne. La pensée que tu puisses affronter le même genre de monstres que moi me terrifie.

Shal poussa un soupir à fendre l'âme.

— Je suis désolée d'être bouleversée à ce point. Ce chaos me ronge les sangs. Nous devons trouver un moyen de sauver notre ville.

— Un bon massage te fera le plus grand bien, chuchota-t-il en la ramenant à l'intérieur.

A l'instant où elle s'installait sur le lit, une voix donna l'alarme. Déçus, les époux endossèrent leur tenue de combat et ressortirent.

— Désolé, mon amour, dit Tarl. Je te devrai ce massage.

— Ne t'inquiète pas ! rit-elle. Je ne l'oublierai pas. Allons voir s'il y a moyen d'écraser nos ennemis une bonne fois pour toutes !

CHAPITRE IV

PÊCHES DES ABÎMES

Des ténèbres insondables régnaient au sommet de la tour de Marcus. Un démon des crevasses y savourait le silence. Il battait l'air de ses ailes de chauvesouris de six mètres d'envergure, la gueule bavante. L'air était lourd des effluves doux-amers de sang qu'appréciait tant le démon. Venu des Neuf Enfers, le tueur haineux jubilait à la perspective de sa nouvelle mission. De toute sa morne existence, il ne se souvenait pas avoir eu meilleure occasion de s'amuser.

Marcus, un Sorcier Rouge originaire de Thay, l'avait par mégarde invoqué dans le plan primaire de Thay, pour l'aider à accomplir la volonté du dieu Baine. Le sorcier et le démon devaient apporter leur touche personnelle au dessein divin ; si tout se déroulait comme prévu, d'ici quelques années, deux nouveaux demi-dieux maléfiques se déchaîneraient sur Toril.

La bête grogna de plaisir :

— Quel bonheur d'être de retour dans ce plan... !

Une bave verdâtre dégoulinait de ses crocs ; l'acide tombait à terre, où il creusait des trous dans le granit.

La créature haute de quatre mètres lança plusieurs sorts. Ses ailes noires s'empourprèrent quand elle invoqua des champs de force de protection. D'immenses serres griffèrent les airs en appelant simultanément des sortilèges de détection et de communication.

Le monstre suivit dans la pièce un tracé aux arabesques complexes visibles de lui seul. Ses pieds nus soulevèrent des gerbes d'étincelles noires et brûlantes, qui rebondirent sur sa peau d'ébène à l'aspect de corne. Une seule étincelle aurait suffi à brûler gravement n'importe quel être vivant.

— Le *pouvoir* ! Tout tient en ce mot ! Maintenant que cet imbécile de Marcus m'a permis d'accéder à ce plan d'existence, j'ai enfin les moyens d'accomplir ce dont je rêvais depuis un millier d'années. *Latenat* !

Ses ailes de chauve-souris s'embrasèrent ; la créature invoqua les noirceurs des abysses pour en revêtir sa chair, tel un manteau de suie.

— Je me servirai du pouvoir que m'a accordé Baine pour lui offrir quelques âmes. Je garderai celles dont j'ai besoin pour gagner encore en puissance. Rien ne m'arrêtera ! *Latenat* !

Le démon percuta les murs à la volée, perçant de grandes brèches dans le marbre épais. Deux sphères jumelles d'énergie azur se matérialisèrent à l'extrémité de ses serres. Il acheva son incantation d'une voix tendue :

— *Kazarantham* ! (L'énergie lumineuse remonta de ses poings à ses épaules.) *Kallendurm ankerath* ! cracha-t-il. *Gorgathen tellenl aunduen* !

La lumière rampante gagna sa poitrine musclée.

Les derniers mots lui arrachèrent un hoquet de

douleur ; le bleu ensorcelé recouvrit son corps.

Les sphères azur se touchèrent sans fusionner ; un bouclier de protection entoura la créature. Elle fit appel à un dernier sort de protection avant d'oser invoquer son dieu. Elle savait à quel point il était dangereux d'entrer directement en contact avec Baine.

Seule une vision magique aurait pu détecter les lignes dorées s'élevant du sol de granit. Une énergie mystique courut dans les veines impies du démon ; la gigantesque créature eut un grand sourire.

Une nouvelle gestuelle acheva d'invoquer un être originaire, cette fois, du plan élémentaire de la Terre. Des forces malfaisantes se mirent en branle. La paroi de marbre massif se fractura : une noirceur d'encre souligna une forme humanoïde de six mètres de haut. Des excroissances rocheuses firent exploser le marbre sous la poussée de sa venue.

— Viens rejoindre ton maître ! *Latenat* !

Un élémental de terre, quasi indestructible, se découpa du mur avec un craquement infernal.

— Je ne suis pas heureux d'être ici, annonça l'être d'une voix caverneuse.

C'était un prince parmi ceux de son espèce : ses plaques massives avaient la dureté du diamant. Il était doté d'une intelligence acérée, qui n'était pas dépourvue de goût pour la révolte.

— Quel est ton désir, maître ? grinça-t-il.

— Tu es mon bouclier et mon porte-parole, créature. Tu lanceras mes sorts. *Latenat* !

Chaque geste, mouvement et inspiration furent aussitôt imités par l'élémental. Fort de cette ultime précaution, le démon respira. Il vérifia ses multiples champs de protection et en fut satisfait. Son ascendant sur l'élemental était à toute épreuve. Il renforça les protections de l'unique issue de la pièce. Tout était en place.

Les lèvres du démon remuèrent pour invoquer son dieu, mais ce fut l'élémental qui articula ses paroles :

— Baine, mon maître, je t'en conjure, entends ma voix.

— Aaaahhh !

Un hurlement à glacer les sangs tonna dans la pièce. Un minuscule point de lumière apparut sur la paroi ; il perça les ténèbres ensorcelées et s'intensifia, baignant bientôt les lieux de l'éclat d'un soleil. Le démon des crevasses plongea derrière son gardien, heureux d'être à l'abri de la fournaise infernale. Sa mainmise sur l'élémental lui permettait de voir par ses yeux, que n'affectait heureusement pas la lumière aveuglante.

— Tanetal, mon diabolique enfant, je suis heureux que tu m'appelles.

— Seigneur Baine, répondit l'élémental avec la voix du démon, tu es tout. J'ai exécuté tes instructions. Phlan est en ton pouvoir ; la Fontaine de Ténèbres est prête à t'apporter des cohortes d'âmes. Que puis-je faire d'autre pour ton service ?

Le démon rageait intérieurement de devoir ramper et s'humilier de la sorte. Son dieu venait de prononcer son véritable nom. Si quelqu'un d'autre l'entendait, il tomberait en son pouvoir. Parmi les démons, nul ne trahissait son véritable nom. L'élémental devrait mourir au terme de la conversation, car il l'avait entendu.

— Imbécile ! Tu t'imagines avoir rempli ta mission ! Pauvre ver de terre, tu vaux moins que la dernière des limaces ! *Où* est ma cité ?

La colère divine anéantit les protections que le démon avait passé des heures à mettre en place. Par bonheur, les siennes ne furent pas annihilées. L'immense tour enchantée trembla sur ses fondations. L'élémental, lui, ne broncha pas. Le démon se recroquevilla derrière lui.

Une gigantesque boule de feu se matérialisa et prit l'aspect d'un homme haut de deux mètres, barbu et moustachu. C'était le visage que Baine aimait à adopter quand il ressentait le besoin d'un contact direct avec les créatures du plan matériel primal.

— Eh bien ? tonna la voix divine.

D'un seul regard furieux, Baine fit exploser l'élémental en millions de fragments. Le démon, projeté à terre, fut douloureusement blessé.

— Voilà qui est mieux, mon cher fils. J'aime communiquer sans intermédiaire. Laisse-moi t'informer du bon déroulement de mon plan jusqu'ici. (Tanetal fut aussitôt subjugué.) Les villes côtières de la Mer de Lune sont désormais miennes, exception faite de celle-ci. Elles ont été arrachées de la terre et transportées dans les Limbes. Même si une poignée d'entre elles tentent de résister, les Fontaines de Ténèbres transforment leurs habitants en mes âmes damnées. D'ici quelques mois, je pourrai replacer mes cités autour de la Mer de Lune, et mes adorateurs seront légions. Mon pouvoir à Féérune augmentera considérablement.

« Ecoute, pauvre fantoche ! fit-il d'une voix stridente qui pulvérisa les dernières défenses magiques du démon - y compris les sphères. Veux-tu m'expliquer pourquoi Phlan n'est pas là où elle devrait être ? »

Chaque mot frappa le démon comme autant de tisons ; les pierres fondirent et se moulèrent autour de son corps supplicié. Sa masse elle-même commença à se désagréger sous l'assaut d'énergies déchaînées.

— Maître ! Par pitié ! Calme ton ardente colère avant que je ne succombe et ne puisse plus exécuter ta volonté ! *Latenat* !

Souriant, le dieu réduisit d'une infime fraction la

pression qu'il exerçait sur sa créature. Sous l'intense fournaise, des couches entières de chair poreuse se détachaient du démon. Ses ailes repliées de manière pathétique ne seraient bientôt plus que des cendres enveloppant un squelette. Baine se résolut à remplacer l'étuve par une bienfaisante fraîcheur. Tanetal fut instantanément soulagé de ses souffrances ; de gros pans de roches noires se séparèrent de lui et s'émiettèrent. Il reprit son explication en hoquetant de douleur :

— J'ai transporté Phlan à dessein dans une gigantesque caverne, sous cette tour, en recourant au pouvoir de la Fontaine de Ténèbres. La tâche te sera ainsi facilitée. Tout ce qui est accompli l'est à ton service, et pour ta grandeur. Ai-je eu tort, ô le plus noble des dieux ? *Latenat* !

— Non, mon loyal crapaud. J'ignore ce que tu prépares, mais les âmes de Phlan devront être miennes au moment précis où je m'emparerai de celles des autres villes. Alors fais diligence. Appelle-moi une fois ta tâche achevée, Tanetal.

Le dieu disparut. Le démon grogna de soulagement ; s'il échouait, il serait éparpillé aux quatre vents, à l'instar de l'élémental.

*
* *

Tanetal n'était pas l'unique occupant de la tour du mage. En d'autres endroits, s'ourdissaient également de diaboliques complots.

— Démons, commanda le Sorcier Rouge d'une voix impérieuse, debout ! J'ai une mission pour vous.

Trois abishais, rouge, vert et noir, voletèrent de

leurs alcôves dorées jusqu'à Marcus. Ils n'appréciaient guère de recevoir des ordres d'un humain.

Des nombreuses espèces démoniaques, les abishais comptaient parmi les plus humbles. Les démons des crevasses, leurs lointains cousins, étaient les plus puissants de leur branche. Les abishais arboraient d'écœurantes similitudes avec leur parenté.

A l'instar des démons des crevasses, ils rappelaient d'hideuses gargouilles. Minces et reptiliens, ils possédaient une grande queue préhensile et des ailes de chauve-souris. Leur démarche recroquevillée, tassée, dissimulait leur véritable taille, de plus de deux mètres. Puissants, bien plus forts que des gobelinoïdes, leur intelligence était comparable à celle des humains. Un sorcier plus sage que Marcus aurait eu le bon sens d'éprouver de l'appréhension en leur présence.

— Mon serviteur vous a confiés à moi afin que je vous utilise comme bon me semble. Vous monterez la garde jour et nuit. Faites des vols de reconnaissance à cent lieues à la ronde. Tuez tout ce qui pourrait me causer des ennuis. (Le trio grommela, irrité.) Suffit ! Allez !

En s'exécutant, les trois se promirent de servir Tanetal un millier d'années, à condition de pouvoir démembrer l'humain, et de lui arracher ses organes un par un...

Assis sur son trône, Marcus jubilait. Les sorciers de sa caste, à Thay, n'avaient eu que mépris à son encontre. Mais depuis qu'il adorait Baine, sa sombre étoile ne cessait de grimper au firmament.

Un hiérophante du dieu de la Discorde lui avait permis d'invoquer un démon sur Toril, et lui avait confié son nom, Tanetal, lui donnant ainsi les moyens d'exercer un contrôle absolu sur la créature infernale. Il lui avait révélé les plans du dieu visant à conquérir les villes de la Mer de Lune et les repeupler d'âmes vouées à sa cause. Ce tour de force ferait de Baine le dieu le plus puissant de Féérune.

Marcus fut enchanté de découvrir l'incroyable puissance de son nouveau serviteur. D'un simple toucher, la créature lui avait conféré d'incroyables aptitudes. D'un claquement de doigts, elle avait mis à sa disposition une escouade de démons.

— Quel jour glorieux ce fut, soupira-t-il, empli d'émotion, quand Tanetal devint mon séide... Nous avons élevé cette tour, et nous avons ensuite enlevé la ville entière de Phlan ! Il ne me reste plus qu'à l'assujettir avec l'aide de mes démoniaques alliés... Baine en sera heureux. Il m'accordera des pouvoirs inouïs, tels que des mortels n'en ont jamais eus... Que pourrait-on rêver de plus ! s'extasia-t-il.

L'heure suivante, Marcus donna des instructions aux prêtres de Baine, puis aux généraux des mercenaires. Phlan tomberait - cela ne faisait aucun doute. Même si ses habitants s'étaient révélés extraordinairement bien préparés aux attaques, et si de puissants thaumaturges vivaient dans son enceinte, ils seraient vaincus.

Quand sa population serait engloutie dans la Fontaine de Ténèbres, sous la tour rouge, le démon et lui recevraient une belle part de l'énergie méphitique des âmes possédées ; Baine ne verrait jamais la différence. Le démon avait exposé son plan en termes précis : à Baine reviendraient huit âmes sur dix. Le reste suffirait à faire de Marcus un demi-dieu. Cette seule pensée plongeait le sorcier dans l'extase...

Son regard gris acier balaya son domaine doré. Le sorcier avait travaillé d'arrache-pied pour décorer avec goût les murs et les plafonds d'or rouge. Il ignorait qu'il était le seul à l'apprécier.

La quatrième alcôve, au-dessus de son trône,

abritait la représentante d'une autre charmante race : une érinye.

— Erinye, douce enfant, viens ici...

De petite taille - moins de deux mètres - et dotée d'ailes, la belle et mince silhouette féminine ne trahissait en rien ses vingt-deux mille ans d'existence. Originaire du septième cercle des Neuf Enfers, elle avait appris à manipuler les conspirateurs. Elle leva de beaux yeux verts sur l'humain décharné et s'étira langoureusement.

— Mon maître, ce damné démon des crevasses, me le payera, marmonna-t-elle.

Elle se caressa de ses mains d'albâtre, battant légèrement des ailes. Elle jubila en observant les réactions du benêt.

— Noble sorcier, donne-moi un instant, je te prie, pour me préparer à accomplir tes désirs.

Elle ajusta d'une main experte un corset de cuir et une jupe courte, sachant le degré exact de provocation à ne pas dépasser.

Les intentions de Tanetal n'avaient pas de secret pour elle. L'heure venue, elle extirperait son âme au sorcier ; le démon des crevasses et *elle* seraient hissés au rang de demi-dieux...

Elle glissa d'un pas alangui vers l'humain méprisable.

— Tu es resplendissant aujourd'hui, noble Marcus. Que peut faire une pauvre fille comme moi pour te satisfaire ?

Entre deux battements de cils, elle humecta ses lèvres rubis de sa langue longue de vingt centimètres. Elle inonda la pièce d'une senteur aphrodisiaque savamment calculée.

Soudain, les murs tremblèrent.

— *Consheltuen* ! s'écria le sorcier, effrayé.

Il déclencha trois sorts successifs de protection. Sa peau acquit la dureté de l'acier ; trois décharges d'un rouge contrasté enveloppèrent son corps, contre le feu, les flèches et les attaques du premier niveau.

La belle érinye fut projetée à terre. Elle réfréna l'impulsion d'annihiler immédiatement les protections du sorcier ; cela trahirait l'étendue de ses véritables pouvoirs.

Elle rassura Marcus : ce n'était que le démon des crevasses, travaillant pour leur cause.

Par les dieux, ce qu'elle pouvait détester ces misérables humains ! Elle ajouta mentalement quelques siècles de tortures supplémentaires à infliger à son maître, dès qu'elle le tiendrait en son pouvoir.

— Tu as raison, ma chère, ronronna Marcus, qui adorait dominer la femelle.

Il devrait remercier Tanetal de ce superbe présent. Les érinyes étaient si compréhensives, leurs ailes si douces et si soyeuses...

Elle lui sourit, et lui tendit des mains d'albâtre capables de lui arracher les membres un par un.

La tour fut encore plus violemment ébranlée.

— Assez ! hurla Marcus, qui détestait les interruptions. J'en ai suffisamment toléré !

Il se dirigea à grands pas vers les étages supérieurs, abandonnant l'érynie indifférente, heureuse de son départ. Elle *sentait* que quelque chose d'effroyable venait d'attaquer Tanetal. Elle s'amusa à détruire le lit de cet imbécile de Marcus, ses fioles d'huiles essentielles et les bougeoirs. Quel manque d'imagination ! Si seulement les humains n'étaient pas des êtres si ennuyeux, faisant tout par habitude...

Avec un soupir, elle réintégra son alcôve et se rendormit.

Marcus lévita le long d'escaliers secrets. Le pouvoir que lui avait octroyé le démon l'avait rendu deux fois plus efficace. Ses boucliers protecteurs successifs l'auréolaient d'un arc-en-ciel de teintes rouges.

Il déverrouilla la porte dérobée : dans la pièce saccagée, nimbée d'écarlate, le démon à genoux était cerné par d'énormes diamants noirs calcinés.

Tanetal releva la tête, furieux. S'il était contraint par sorcellerie d'obéir à cet homme, tout ce que ce dernier omettait de préciser lui laissait en revanche le champ libre.

— J'ai eu un contact direct avec Baine, expliqua-t-il. Ce qui est toujours à nos risques et périls. Le dieu n'est pas satisfait de nous. *Latenat* !

— Pas satisfait ? répéta Marcus, nerveux. Que faire en ce cas pour que Baine le Glorieux nous sourie ?

— Nous devons expédier la population de Phlan dans la Fontaine de Ténèbres. Où en sont nos plans de campagne ? Souviens-toi que je suis le gardien de la tour, et toi, le général en chef. Tu pensais venir facilement à bout de leur résistance !

— Naturellement ! rétorqua sèchement Marcus. La seconde attaque n'attend plus que ma supervision. Il n'y aura pas le moindre problème.

— Dans notre intérêt à tous les deux, j'espère que tu dis vrai, cette fois, sorcier.

CHAPITRE V

L'ŒIL PRODIGIEUX

Malgré la légère humidité de l'air printanier, le raccourcissement des jours donnait un avant-goût de l'hiver, alors qu'on allait sur l'été.

Dans les bois, la femme remarqua la pénombre qui tombait doucement. Elle se dépêcha et parvint à allumer un foyer. Soupirant d'aise, elle savoura la chaleur bienfaisante des flammes. Même s'il lui eût suffi de recourir à un tour de passe-passe pour allumer un feu, elle préférait des moyens naturels pour parvenir à ses fins, chaque fois que cela était possible. A l'instar de nombre d'enchanteurs, elle était plutôt fluette. Connaissant ses limites, elle travaillait chaque jour à améliorer ses performances.

Etablir son campement avant la tombée de la nuit avait été la seule chose sensée à faire.

Assise sur un tronc d'arbre, elle balaya les environs du regard ; tout était calme.

— Gamaliel, où es-tu ? chuchota-t-elle.

Comme toujours, elle devait se résigner à attendre son retour. Crier ne servirait qu'à attirer des prédateurs ou des ennemis. S'il était son meilleur ami, il pouvait parfois être insupportable. Il prenait régulièrement la poudre d'escampette en la laissant, seule, s'occuper des menues corvées.

Elle entreprit de débarrasser ses longs cheveux des brindilles qui s'y étaient accrochées. D'habitude, elle les nattait chaque matin.

— Maudits gobelins ! pesta-t-elle. S'ils avaient attaqué seulement vingt minutes plus tard, je n'aurais pas ce problème maintenant ! Mais je devrais être heureuse de m'en tirer à si bon compte...

Une poignée de sortilèges et les ripostes de Gamaliel avaient suffi à repousser les neuf gobelins qui les avaient surpris à l'aube. L'escarmouche n'avait été qu'un début ; ils avaient passé la journée à repousser une véritable collection de monstres, embusqués, semblait-il, derrière chaque tronc d'arbre du paysage, tous avides de faire une bouchée de la sorcière et de son compagnon.

A la lueur des flammes, ses cheveux flamboyaient. Le souper serait bientôt prêt. La magicienne se détendit sous les effets bienfaisants de la chaleur.

Un chat géant se glissa en catimini derrière elle, et l'observa, humant délicatement l'air. Il approcha du feu. Sa fourrure fauve brillait d'un éclat doré ; ses yeux verts ne quittaient pas la jeune femme.

Une masse la percuta dans le dos et la plaqua au sol. D'instinct, elle se dégagea et virevolta sur l'agresseur. Des pupilles mordorées rencontrèrent son regard.

— Quand cesseras-tu de me sauter dessus ? haleta-t-elle. Par les dieux, un de ces jours, Gamaliel...

Elle ôta de sa poitrine une énorme patte ; le félin frotta son museau rose contre sa joue, ronronnant de plaisir.

— Espèce de... de... chat !

Sans se démonter le moins du monde, il alla se rouler près du feu, l'ivoire soyeux de son ventre offert aux caresses. Etendu de tout son long, il était plus grand qu'elle.

— Tu veux des câlineries, maintenant ? Comment j'arrive à te supporter, ça m'échappe parfois !

Le félin ronronna de plus belle sous ses chatteries. Elle éclata de rire au spectacle qu'il offrait, ainsi abandonné à ses caresses. La lourde chaîne d'or et le pendentif de jade qu'il portait autour du cou souli-gnaient la richesse de sa fourrure.

— Très bien, mon féroce prédateur, assez joué. Il est temps que tu partes en chasse. Et, Gamaliel, cela fait quatre jours que nous mangeons du poisson. Pourrais-tu nous débusquer un beau lièvre pour amé-liorer notre ordinaire ?

Il la regarda, l'air offensé. Il lui transmit mentale-ment :

— *Si le produit de ma chasse n'emporte pas ton approbation, puissante sorcière, peut-être aimerais-tu t'en charger toi-même. Je voudrais te voir chas-ser en pleine nuit. De plus, il se trouve que j'aime le poisson.*

Elle le gratta entre les deux oreilles.

— Je ne me plains pas. Seulement, nous autres les humains, nous préférons un peu de variété. Tu me dois bien ça après ce que tu viens de faire. Par ta faute, me voilà obligée de débarrasser à nouveau mes cheveux des brindilles !

Il la considéra comme si elle venait de lui deman-der un steak de dragon cuit à point.

— *D'accord, Evaine. De la viande pour ce soir. Si tu cesses de geindre.*

— Moi, geindre ? s'indigna-t-elle. Tu es le plus grand ours en peluche que je connaisse ! Allez, Gam, j'ai faim !

Le chat repartit d'un bond dans le sous-bois.

Restée seule, Evaine constata que ces conversations mentales lui étaient devenues naturelles. Après des années d'épreuves et d'aventures partagées, Gamaliel n'avait plus rien d'un animal à ses yeux. Beaucoup de sorciers possédaient des familiers, mais peu partageaient avec eux des liens si profonds. Avant lui, elle avait eu une chouette effraie. Malgré son affection pour le rapace nocturne, la relation n'était jamais allée si loin. Gamaliel et elle se complétaient à merveille. Ils formaient une équipe indivisible. Vivre sans lui n'était plus envisageable.

Contre les rôdeurs, elle aspergea le périmètre du campement d'une poudre protectrice. Elle tenait à dormir sur ses deux oreilles cette nuit, même si Gamaliel avait l'ouïe fine. Lui aussi méritait un bon repos.

Elle se plongea dans l'étude de son grimoire, son vieil ami, son bien le plus cher. La magie qu'il renfermait l'avait tirée d'embarras un nombre incalculable de fois. Le tome antique avait résisté aussi bien aux attaques de l'eau qu'au souffle de dragons irascibles. La destruction d'un grimoire précédait souvent la fin d'un sorcier. Elle frissonna à l'idée d'être dépouillée de ses pouvoirs.

Elle envisageait parfois d'apprendre des méthodes de combat plus prosaïques, en prévision d'une telle éventualité. Comme la plupart de ses confrères, elle maniait bien le bâton et la dague, mais apprendre les techniques de l'escrime serait au détriment de ses études occultes. Evaine courait d'une quête intellectuelle à l'autre. Sa nature la vouait aux livres, non à l'épée.

Inspirant profondément, elle mémorisa de nouveaux sortilèges. Des années d'entraînement lui permettaient de se concentrer avec rapidité et efficacité.

Un claquement de brindilles la tira brutalement de

sa transe. Deux yeux luisants lui renvoyèrent son regard.

— *Tu devrais vraiment être plus prudente, quand tu es seule dans les bois*, transmit Gam, d'humeur taquine. *Et si j'avais été une bande d'orcs ?*

Il se serait roulé de rire par terre, si cela avait été possible.

— Si tu avais été « une bande d'orcs », à l'heure actuelle, tu serais un petit tas de cendres fumantes, ou en train de courir te plonger dans le premier ruisseau venu. Le périmètre de cette clairière est protégé. Pour anticiper ta question suivante, il s'agit d'un sort indétectable que je viens de mettre au point, même pour des créatures magiques comme toi. La preuve. Te voilà bien attrapé, n'est-ce pas, mon Gam ? (Elle ignora son air froissé.) Voyons ce que tu nous rapportes.

Il portait dans sa gueule un lièvre brun *et* une belle truite argentée.

Tandis qu'elle s'attelait à dépecer le petit mammifère, le chat savoura sa prise, qu'il mangea crue. Le souper achevé, elle réduisit le feu à un âtre discret, et se glissa avec délice sous sa couverture, prête pour une bonne nuit de sommeil. Ennemis et prédateurs devraient franchir son champ de force pour parvenir jusqu'à elle. Sans parler des deux cents livres de muscles, de griffes et de crocs acérés qui la protégeaient.

Les étoiles scintillaient dans la nuit. Evaine dressa mentalement la liste de ce qui restait à accomplir.

— Nous serons à Phlan d'ici deux ou trois jours, Gamaliel, dit-elle ensuite. Nous localiserons la Fontaine de Ténèbres, et le moyen de la détruire.

Désintégrer les sources maléfiques était devenu sa vocation ; mais chaque entreprise apportait son lot d'angoisse.

Aux premières lueurs de l'aube, le chat se faufila dans les bois, sans déranger sa compagne profondément endormie. Il revint avec un énorme poisson et une caille bien grasse. Il alla ronronner à l'oreille de sa maîtresse, et lui débarbouilla consciencieusement le visage, le regard luisant de malice.

La sorcière lui gratta l'oreille, s'étira et se leva. Une fois l'oiseau mis à rôtir, Evaine tressa ses longs cheveux et se prépara à lever le camp.

Quand tous deux furent rassasiés, ils effacèrent soigneusement les traces de leur passage, et repartirent pour Phlan.

Gamaliel ouvrait la marche dans la forêt dense. En dépit des gobelins et autres monstres qui hantaient les sous-bois, cet itinéraire était plus sûr qu'une grand-route. Même si la jeune femme avait plus d'un tour dans son sac, elle ne tenait pas à attirer imprudemment l'attention, ou à se frotter à des ennemis trop dangereux. La mission qui l'attendait nécessitait toute son énergie.

Ils voyagèrent jusqu'à midi. Les nuages qui s'accumulaient depuis des mois sur la contrée laissaient filtrer une lumière grisâtre. Ils ne s'autorisèrent qu'une courte pause.

En chemin, Evaine peaufina sa stratégie contre la Fontaine de Ténèbres. Elle avait déjà détruit quatre de ces phénomènes. Même si les expériences successives qu'ils avaient représentées lui apportaient de judicieuses connaissances sur la nature du Mal, chaque Fontaine possédait ses propres caractéristiques. Il n'y avait aucune garantie qu'une tactique efficace contre l'une d'elles remportât le même succès contre une autre.

Le défi à la fois intellectuel et magique qu'il y avait à détruire les sources maléfiques surpassait la peur qu'elles lui inspiraient. Evaine n'était pas encline à prendre des risques ; elle combattait en connaissance de cause. Sa haine profonde des eaux souillées l'emportait sur sa crainte de mourir vaincue.

Les heures défilèrent. La nuit arriva à grands pas. Gamaliel partit en reconnaissance et jeta son dévolu sur une clairière de jeunes trembles.

Ils se couchèrent tôt. Par chance, ils n'avaient rencontré aucun monstre à l'affût. Le lendemain à l'aube, elle lancerait un sort de détection.

La jeune femme se réveilla en sursaut. Gamaliel dormait roulé en boule. Elle frissonna dans l'air humide. Tout était noir. Elle se rendormit, pelotonnée contre la soyeuse chaleur du félin.

Une heure plus tard, l'aube allait poindre. Evaine se leva, ranima les cendres de l'âtre, et se prépara mentalement. Cette incantation difficile exigeait une concentration sans failles. Elle préférait avoir les idées claires, et que l'univers soit encore endormi. L'énergie de milliers et de milliers d'humains vaquant à leurs occupations sur le continent pouvait interférer avec ce type de sorcellerie.

Elle ne connaissait personne d'autre capable de lancer ce sort. Il lui avait fallu des années de tâtonnements pour parfaire la technique, qui avait du reste coûté la vie à sa chouette effraie, et manqué de la tuer maintes fois. Le chagrin lui avait fait perdre plusieurs mois. Mais ses missions étaient trop importantes pour qu'elle abandonne.

Elle prit une profonde inspiration et se purifia l'esprit, ses pensées entièrement tournées vers un seul but. Elle entonna un chant vieux comme la magie, enseigné aux aspirants pour leur apprendre à se concentrer. Dans la bouche d'une sorcière émérite, les couplets permettaient d'invoquer les sorts les plus puissants.

Réveillé, Gamaliel gardait une immobilité parfaite. Les lueurs des braises ardentes se reflétaient dans ses pupilles vertes. Il connaissait le danger inhérent à l'invocation d'énergies aussi puissantes. Il ne commettrait plus jamais l'erreur de la déranger en plein travail. Fort heureusement, il l'avait fait avant qu'Evaine ne localise la Fontaine démoniaque. Autrement, elle aurait définitivement sombré dans la folie. Seule une volonté d'acier avait permis à la jeune femme d'en réchapper indemne. Mais elle était restée alitée deux semaines, délirante et presque comateuse. La leçon avait porté. A l'encontre de l'essence profonde de sa psyché de félin, le familier avait appris à se maîtriser.

Il suivit attentivement sa danse autour de l'âtre, ses gestes, son chant. Elle jeta au feu une plume dorée de couatl, que lui avait gracieusement donné le serpent magique ailé. Puis ce fut le sang d'un dragon rouge, suivi d'eau de mer - trois gouttes à chaque fois. Elle ajouta des icônes représentant les quatre éléments. Le feu ainsi purifié, elle put commencer.

L'heure suivante, la sorcière ajouta des ingrédients magiques aux braises, les divisa selon un rituel précis, murmurant, chuchotant et criant des paroles sibyllines. Sans broncher, Gamaliel restait tous les sens en alerte, guettant le moindre bruit suspect. Sa maîtresse ne devait être dérangée pour rien au monde.

Au bout d'une heure, elle tomba à genoux et prit un cristal de quartz de la grosseur de sa paume - un des minéraux terrestres les plus purs. Elle le déposa soigneusement au centre du brasier à l'aide d'une branche fourchue. Puis elle le reprit et le déposa au cœur d'un tissu, sur ses genoux.

Elle se concentra de nouveau. Son essence astrale se désolidarisa de son corps, assis immobile au coin du feu. Son esprit libéré s'envola à une allure confondante au-dessus de la forêt ; le paysage s'évanouit dans un éclair. La puissance de la Fontaine agissait comme un aimant ; s'abandonner à l'attraction du Mal était une expérience terrifiante. Mais sa discipline et sa concentration mentale agissaient comme des garde-fous.

Evaine fut entraînée à toute vitesse en direction de la terre, vers une étendue liquide inconnue. Des tentes grossières se dressaient autour de la baie. Elle n'eut pas le temps de se repérer. Quelque chose de terrible se produisait. La dernière Fontaine avait été localisée sous terre. Sa respiration s'accéléra. De la sueur perla à son front. Elle lutta contre la panique.

Sa projection mentale rompit la surface de l'eau. Ce qu'elle découvrit dans les profondeurs liquides la stupéfia. Les fonds marins totalement nus et stériles n'abritaient aucune vie aquatique ou végétale. C'était un vaste cratère, comme si une force titanesque avait creusé cet entonnoir pour le remplir d'eau. Il n'y avait aucune trace de la Fontaine.

Evaine força son esprit à se libérer de l'étau liquide. Elle reconnut le paysage, les collines lointaines et les fermes avoisinantes. Mais...

Où était Phlan ?

Son sortilège aurait-il dévié ?

A cet instant, le cristal de quartz éclata sur les genoux de la jeune femme.

CHAPITRE VI

MAUVAISES SURPRISES

Après avoir quitté les nains, Ren s'approvisionna dans un petit hameau. Puis il se dirigea vers le fleuve Stojanow. Les routes menant à Phlan serpentaient à travers les montagnes - ce qui signifiait trois jours de voyage de plus que ce que le ranger escomptait.

Il connaissait bien la région pour l'avoir sillonnée à maintes reprises. Trois jours de rude chevauchée le menèrent aux Montagnes de l'Epine Dorsale du Monde. Un ruisseau gonflé d'eaux de pluie le conduisit, deux jours plus tard, au fleuve Stojanow. Ren suivit les berges boueuses, bravant la pluie battante. Après avoir combattu les orcs des semaines durant, il était heureux de chevaucher au milieu des étendues sauvages, loin d'un danger immédiat.

Au sud, le Stojanow se jetait dans la baie de la Mer de Lune. Phlan se nichait dans la boucle que formait le fleuve, avant d'atteindre l'océan.

Un peu plus tard, Ren aperçut au loin l'île du

Sorcier. L'eau claire abondait en poissons. Des bouleaux blancs et de jeunes sapins s'élançaient fièrement alentour. Sur les rives, on distinguait de nombreux terriers de rats musqués.

Une pyramide d'argent se dressait sur l'île, autrefois un des hauts lieux du Mal. Les lierres et les plantes la recouvraient presque entièrement.

Il mit pied à terre, laissa son cheval de guerre, Filou, se désaltérer, et se restaura rapidement, partageant ses pommes avec lui. Il restait deux jours de voyage avant d'atteindre la ville. Ren était impatient de revoir ses amis, Shal et Tarl ; cela faisait trop longtemps qu'il ne les avait pas vus. Il savait qu'il n'aurait pas dû laisser un cauchemar le tourmenter à ce point. De sa vie, jamais il n'avait été doué de prescience.

Mais la nuit dernière encore, d'horribles visions d'abishais, de démons des crevasses, d'érinyes et d'une énorme tour rouge l'avaient réveillé en sursaut. Si de telles créatures existaient, elles ne s'alliaient généralement pas. Son imagination devait lui jouer des tours.

Sentant croître l'impatience de son maître, Filou accéléra l'allure. La nuit suivante, les pensées du ranger vagabondèrent. Dix ans plus tôt, Shal aurait pu être sa femme. Mais il n'avait pas voulu s'opposer à Tarl. Sans regretter sa décision, il aurait aimé que les choses se déroulent différemment. Il désirait que quelqu'un partage sa vie ; mais Shal n'était pas pour lui. Elle lui rappelait trop Tempête, la femme qu'il avait aimée autrefois. Il n'aurait jamais été certain de ses sentiments envers la magicienne, s'il l'avait prise pour épouse.

La fin tragique de Tempête le tourmentait encore. Il la revoyait, vive, agile ; de longs cheveux roux lui descendaient jusqu'à la taille. Son amour l'avait tellement consumé qu'il avait abandonné son existence de ranger, pour se faire voleur comme elle. Il ne s'était jamais vraiment remis de sa mort, mais il s'efforçait de ne plus penser à elle - sans grand succès. Aucune de ses conquêtes féminines n'avait pu lui faire oublier sa vaillante Tempête.

Levé avant l'aube, il revêtit sa cotte de mailles et se hissa en selle. La forêt était incroyablement dense et luxuriante ; c'était naturel après tant de pluies. Il savoura les riches senteurs que répandaient la terre détrempée et les arbres en fleurs.

Emergeant de la forêt, le cavalier pila net. Ren fixa la scène de ses grands yeux écarquillés.

Phlan n'était pas en vue.

De hauts remparts auraient dû être là ; où étaient les créneaux et les tours ? La tour de Denlor aurait dû se détacher au loin, surplombant la ville. Au lieu de cela, d'innombrables tentes couleur de suie s'alignaient aux abords de la Mer de Lune.

De ville, point.

Ren piqua des deux éperons. Il apercevait quelques navires marchands et des bateaux de pêcheurs amarrés à une sorte de quai érigé à la hâte.

Il longea le fleuve, à la recherche d'un gué, et héla des soldats d'une voix amicale, tâchant de maîtriser son humeur massacrante :

— Bonjour, soldats. Dites-moi, Phlan a-t-elle disparu ?

— Les dieux l'ont arrachée à ces lieux il y a cinq semaines, répondit l'un d'eux.

— Par Ao, c'est comme si c'était hier ! grommela un de ses compagnons.

Un garde blond, plus âgé, avança :

— Jolie bête que tu as là. Je ne pense pas avoir déjà vu de cheval si grand. Quelles affaires t'amènent à Phlan la Nouvelle ?

Son ton était hostile ; les deux autres dégainèrent leur épée et se pressèrent autour de leur chef.

— Je m'appelle Ren de la Lame. Vous avez peut-être entendu parler de moi ?

Il s'adressa à eux de son ton le plus courtois, comme chaque fois qu'il avait affaire à des soudards qui se croyaient sortis de la cuisse d'Ao.

Le trio échangea des regards, puis recula. Après les batailles qu'il avait remportées aux côtés de Shal et de Tarl, peu d'habitants de Phlan ignoraient encore le nom de leurs trois anges gardiens. Ces hommes ne faisaient pas exception. Leur expression passa de la franche méfiance au respect, puis à l'inquiétude.

— Vas-tu te lancer à la recherche du prêtre Tarl et de l'enchanteresse Shal ? Ils étaient dans la tour de Denlor quand les dieux ont enlevé la cité. Depuis, on n'a plus entendu parler d'eux ni des autres habitants.

— Quel est ton nom ?

— Shelly, noble ranger. Le Conseil de Phlan la Nouvelle m'a demandé de veiller à la circulation des gens et des biens. Le passage sera gratuit pour toi.

Shelly avait un air presque implorant. Il espérait que le ranger les aiderait à éclaircir le mystère.

Ren les dévisagea, cherchant à décider si ces hommes étaient réellement ce qu'ils prétendaient être, ou s'il s'agissait de voleurs dépouillant les nouveaux venus.

— Qui contrôle ce bac ?

— Le Conseil, seigneur. Les profits sont reversés aux sans-abris.

Le ranger mit pied à terre et guida sa monture vers l'embarcation. Les soldats le suivirent.

— Dis-moi, Shelly, demanda-t-il ensuite, à quel prix est le passage ?

— J'aurais demandé au moins une pièce d'or pour un guerrier d'aussi belle allure, répondit le blond, nerveux mais courageux.

Souriant, Ren lui lança deux pièces d'or, et lui tapa amicalement sur l'épaule :

— Merci du renseignement, Shelly. Veille à ce que les plus démunis en voient la couleur.

Ravi de ce geste généreux, le soldat se détendit, moins intimidé par la présence du légendaire ranger.

— Grand merci, seigneur. Méfie-toi du premier conseiller. Son Excellence Bartholomew est un homme âpre au gain.

Ren lui demanda s'il savait quelque chose d'autre sur la disparition de Phlan. Mais le soldat n'avait que des rumeurs plus insensées les unes que les autres à rapporter.

Le rassemblement de tentes avait bien piètre allure ; il abritait les rescapés qui ne se trouvaient en ville la nuit du désastre. La plupart des tentes se réduisaient à de grandes toiles tendues sur des piquets. L'humeur de Ren se gâta au spectacle qu'offrait la communauté improvisée. Il douta sérieusement de trouver le moindre indice ; il avait le cœur lourd.

A la tête de dix gardes, un grand chevalier en armure attendait sur la berge opposée. Il avait beau arborer l'emblème du clan Wainwright, Ren savait, pour avoir rencontré certains de ses membres, que ce rustre ne possédait rien de leur raffinement.

— Par ordre du grand et noble seigneur Bartholomew et du Conseil de Phlan la Nouvelle, beugla-t-il avant même que l'embarcation ait accosté, ce cheval doit rejoindre les autres montures.

Ren, dont la patience était épuisée, n'apprécia guère le ton outrecuidant. Shelly s'interposa avant que la situation s'envenime :

— Noble Wainwright, tu ignores à qui tu t'adresses. Ce vaillant seigneur n'est autre que Ren de la Lame, venu nous aider. Fais reculer tes hommes, seigneur, avant que Ren ne prouve une fois de plus la véracité de sa réputation.

Le ranger ne dit mot, attendant de voir la suite.

Les gardes reculèrent effectivement ; le chevalier, quant à lui, ne bougea pas d'un pouce. Il refusait à l'évidence de se laisser faire. Mais il n'aurait aucun soutien.

— Le seigneur Bartholomew a découvert que les chevaux propageaient une maladie. C'est pourquoi il a ordonné leur mise en quarantaine. Ton destrier sera bien traité. Maintenant, si c'est un conflit que tu veux, on va s'occuper de toi !

Ren rit intérieurement de la bravade. Le chevalier devait être un de ces lâches qui fuient les rixes d'ivrognes. Mais l'humilier ne servirait à rien ; la Nouvelle Phlan avait plus que jamais besoin de défenseurs.

— Je n'ai nulle envie de me battre, répondit-il avec sincérité. Mais j'ai une requête à adresser à un membre du clan Wainwright. J'ai combattu aux côtés de tes cousins, qui sont de braves guerriers. Si tu souhaites vivre aussi vieux, puis-je te suggérer d'*expliquer* tes ordres aux gens innocents ? Les nouveaux venus seront ainsi plus enclins à t'obéir qu'à se révolter.

— Mon seigneur, répliqua le chevalier à présent souriant, à en juger par ton épée à deux mains, ta cotte de mailles et les dagues que tu cherches à cacher dans tes bottes, je gagerais que tu n'es plus *innocent* depuis un bon moment !

Les soldats s'esclaffèrent ; Ren hocha la tête, et mena Filou par la bride. Il déchargea ses sacs à l'écart, puis nourrit et abreuva sa monture.

Ensuite il explora les alentours, haïssant ce qu'il voyait. Aucune logique visible ne présidait à l'agencement des structures. Où que son regard se tourne, il croisait des gens tombés dans la déchéance, sales et pauvres. Phlan avait été une riche ville marchande. Survivre n'allait pas être une mince affaire.

La garde était nombreuse - un bon signe. Au moins cherchait-on à préserver l'ordre. Chaque escouade était sous les ordres d'un chevalier en cotte de mailles. A en juger aux bosses et horions visibles sur les boucliers et les armes, ces hommes ne volaient pas leur paie.

S'aventurant au centre du camp, Ren tomba sur une tente plus grande et plus propre que les autres. Sur l'oriflamme flottant à son sommet, il reconnut les plateaux de la Balance, symbole du dieu Tyr. A l'intérieur, trois prêtres s'efforçaient de secourir les indigents qui s'étaient réfugiés là.

Navré pour ces pauvres gens, Ren contint les questions qui se bousculaient dans sa tête, et se joignit aux prêtres.

Au bout de plusieurs heures passées à distribuer sans discontinuer vivres et potions, l'un d'eux s'adressa à lui, profitant d'un court répit :

— Merci, étranger. Ton aide est appréciée. Tu n'appartient pas à notre ordre, n'est-ce pas ?

— Mon nom est Ren de la Lame, dit-il, tendant la main. Un de mes amis, Tarl, était prêtre de Tyr comme vous. Il vivait à Phlan avant que la ville disparaisse. Le connais-tu ?

— Nous connaissons tous Tarl. C'était une source de force et de courage. J'ai livré maintes batailles à son côté. Tu devrais parler à frère Anton, qui sera bientôt de retour. Il pourrait en savoir plus. En attendant, reste dîner et coucher.

— C'est une offre que je ne peux refuser, sourit-il. Frère Anton se remettait d'une grave blessure quand je suis arrivé à Phlan pour la première fois, il y a dix ans. Je suis heureux d'apprendre qu'il est toujours en vie. Je vais m'occuper de mon cheval et je reviens.

Il faisait presque nuit. Il étrilla et nourrit Filou.

— Allons, allons, dit-il à sa monture, nerveuse. Demain, tu seras libre, je te ferai faire un grand tour. Toi et moi allons chercher nos amis, où qu'on les ait emmenés, même si c'est au fin fond de Toril.

Mais si les dieux avaient vraiment emporté Phlan, songea-t-il en retournant à la tente, les retrouver relèverait presque de l'impossible...

Anton, un colosse, l'attendait à l'entrée ; il l'étreignit chaleureusement.

— C'est bon de te revoir, ranger ! s'exclama le prêtre-guerrier. Tarl et Shal ne sont pas morts, mon gars. J'en suis certain, mais je ne sais pas grand-chose d'autre. Viens partager le souper avec nous.

Anton l'écouta parler, et lui conta également les événements du jour. Il était allé de tente en tente, pour aider les familles démunies du mieux qu'il le pouvait.

Une partie des prêtres était chargée d'abattre des arbres et de rapporter les troncs pour amorcer la reconstruction de la ville. Un autre groupe était parti dans la région des Montagnes de l'Épine Dorsale du Monde pour en ramener des pierres de taille ; il fallait de nouveaux remparts. Ren s'émerveilla de leur optimisme : ils parlaient tous de *reconstruction*, alors qu'il ne restait *rien*.

— Anton, demanda-t-il enfin, comment sais-tu que Tarl et Shal ne sont pas morts ?

— Tu dois le savoir aussi, au fond de ton âme. Toi et moi, nous les chérissons de tout cœur. J'ai communié avec notre dieu : il m'a rassuré sur le sort de Tarl. Notre frère a reçu le don d'invoquer le Marteau de Guerre de Tyr. La nuit où la ville disparut, nous avions emporté l'arme sacrée pour la Cérémonie du Printemps. Nous étions loin de Phlan quand la catastrophe est survenue. Or, le Marteau s'évanouit à ce moment-là, et Tarl était le seul capable de l'invoquer.

— Je l'ai vu faire ! s'écria Ren. Je rêvais : Tarl et Shal défendaient leur vie... J'espérais qu'il ne s'agissait que d'un cauchemar.

Anton l'invita à relater son mauvais rêve en détail, puis :

— Je ferai mon possible pour t'aider à les retrouver, mais je ne peux pas partir. J'ai la sensation que la réponse à quelques-unes de tes questions se trouve ici. Avec l'aide de Tyr, tu les reverras vivants. Je dois t'avertir que ce que tu découvriras peut être pire que tout ce que tu as vécu jusqu'ici. Repose-toi cette nuit, fiston. Tu auras besoin de toutes tes forces.

En d'autres circonstances, Ren aurait été amusé d'être appelé « fiston ». A quarante ans, sa jeunesse était du passé. Mais la compassion d'Anton le réconfortait. A l'aube, il prêta à nouveau main-forte aux sauveteurs. Puis Anton le poussa gentiment hors de la tente :

— Ren, mon ami, va te mêler aux pauvres gens de cette ville tourmentée. Evite les gardes : ce sont de braves gars, mais ils prennent leur tâche trop au sérieux. Allez, va !

Avec un soupir et un sourire, Ren obéit au colosse.

La ville était réduite à l'état de campement hanté par des centaines de rescapés. Des marchands proposaient leur étal sans enthousiasme. Des gosses apathiques jouaient dans les sentiers boueux. Une mystérieuse force semblait avoir vidé les lieux de tout dynamisme.

Quand il alla chercher son cheval, Ren fut hélé par quatre gardes et un chevalier au blason inconnu :

— Es-tu Ren de la Lame ?

— Qu'a fait un simple ranger pour attirer ainsi l'attention ?

— Ordre du seigneur Bartholomew : conduire Ren de la Lame devant le Conseil. Si tu es cet homme, suis-nous.

— Je le suis, mais j'ai autre chose à faire. Je tâcherai de me présenter cet après-midi.

Si le chevalier semblait prêt à recourir aux armes, ses compagnons, eux, se montraient nettement moins enthousiastes. Bouillant de colère, il répondit :

— Je rapporterai tout cela au seigneur Bartholomew. Tu auras intérêt à être présent cet après-midi, ou il t'en coûtera. J'y veillerai personnellement.

Le personnage repartit, visiblement blessé dans sa dignité.

— Et voilà, Filou. Il y a des jours où on ne plaît à personne...

Ren remonta le cours du fleuve à cheval, en direction du nord. Devant lui s'étendaient de mornes étendues défrichées et déboisées : le campement d'innombrables envahisseurs en temps de guerre. Les plus démunis vivaient là, au nord de Phlan la Nouvelle, couchant à la belle étoile. Qu'adviendrait-il de ces pauvres gens l'hiver venu ?

Filou galopait, crinière au vent. Ren se contentait de le guider. Ils allèrent au sud-ouest, faisant un large détour autour du campement improvisé. L'air frais était le bienvenu après la misère de Phlan la Nouvelle.

Parvenu à la baie, il fut accueilli par deux druides :

— Enfin tu es là ! La pêche est encore fraîche.

L'homme continua de surveiller la cuisson du repas.

— Excuse-le, dit la femme qui l'accompagnait. Mon cousin est un fin gourmet. Je suis heureuse que tu nous aies rejoint pour le déjeuner.

Interloqué par leur méprise, Ren fut subjugué par la stupéfiante beauté de la jeune femme. Petite et pulpeuse, sa peau était dorée par le soleil ; ses longs cheveux bruns cascadaient jusqu'à ses reins. Sa façon de le regarder le mit mal à l'aise.

— Je suis Ren de la Lame. Vous devez me prendre pour quelqu'un d'autre. Vous ne pouviez savoir que je venais ici, j'ignorais moi-même où j'allais !

Filou inclina la tête vers la jeune femme, ce qui surprit le ranger. Elle sortit une pomme de sous son ample tunique et la lui tendit.

Sans relever la tête de sa poêle à frire, l'homme reprit la parole :

— Pardonne mes mauvaises manières. (Il se redressa, poêle en main :) Mon nom est Andoralson, et voici ma cousine Talenthia. Nous sommes ici pour t'aider à retrouver Phlan. Quels sont tes plans ?

Agacée, la druidesse intervint :

— Attends qu'il ait pris son repas ! Il ne nous connaît même pas. Nous lui devons au moins une explication.

Ne sachant que penser, le ranger les dévisagea l'un après l'autre. Devait-il leur faire confiance ?

Filou s'agenouilla près de la femme, comme un chiot énamouré. Ren décida de s'en remettre à l'instinct de l'animal. De plus, la poêlée répandait d'alléchants effluves !

Il sortit un flacon de vin de sa sacoche :

— Ce cru de Vaasa devrait accompagner le poisson à merveille.

— Tout ce qu'il nous fallait, sourit Talenthia.

Andoralson conta leur histoire tout en dégustant le repas :

— Nous sommes envoyés par notre dieu Sylvanus. Jusque-là, ma cousine et moi voyagions à la recherche d'une forêt où élire domicile. Mais la tragédie qui s'est abattue sur Phlan nous est apparue en rêve à de nombreuses reprises. Cette brutale disparition a perturbé l'ordre naturel des choses.

Sylvanus nous a fait comprendre que tu représentais le meilleur espoir de Phlan.

Talenthia sourit et lui décocha un clin d'œil. Sous sa robe, Ren aperçut une cotte de mailles.

— J'ignore ce dont vous parlez, dit-il, mal à l'aise. Je n'ai pas de plan. Je veux simplement découvrir ce qu'il est advenu de mes amis.

— Mais nous pensons que des dieux maléfiques ont enlevé Phlan. Nous devons faire notre possible pour réparer ce mal, plaida Talenthia.

La dernière chose que Ren souhaitait, c'était attirer l'attention d'entités malfaisantes.

— Je suis un ranger et j'aime la terre autant que vous, mais les querelles des dieux m'indiffèrent. De plus, je préfère travailler seul, conclut-il à dessein.

Si l'homme semblait un aventurier capable, son ton paternaliste l'irritait. Quant à la femme, elle était trop séduisante pour ne pas attirer les ennuis.

— Je ne crois pas que tu sois en état de nous écouter, dit Andoralson, savourant avec délectation son repas.

— Ce que veut dire mon cousin, c'est qu'on nous a *ordonné* de te rejoindre. Nous souhaitons restaurer l'équilibre naturel. Tu comprends cela, n'est-ce pas ?

S'il était difficile de lui résister, Ren s'obstina pourtant :

— Merci pour ce délicieux repas, mais je dois me rendre au Conseil de la ville. J'apprécie votre offre mais votre dieu et vous devrez retrouver Phlan sans moi. Je n'ai encore aucun plan ; j'aime saisir les opportunités au bond. Vous ne feriez que me retarder.

Avec son plus beau sourire, il remonta en selle et repartit.

— N'est-il pas beau, Andoralson ? remarqua-t-elle. Je suis heureuse que Sylvanus l'ait envoyé pour nous aider.

— Talenthia, pourquoi faut-il toujours que tu joues les enjôleuses ? Tu t'extasies devant les hommes grands et grisonnants ! Bon, il semble très sûr de lui. J'apprécie le fait qu'il n'ait pas sauté sur l'occasion. Nous devrons d'abord faire nos preuves. La session du Conseil fera l'affaire, tu ne crois pas ?

— Allons-y sans tarder, cousin, lança-t-elle, les yeux pétillants.

En un instant, les druides se métamorphosèrent en immenses aigles dorés. Ils seraient devant le Conseil bien avant Ren.

*
* *

Profondément troublé par la rencontre, le ranger tenta de chasser les druides de ses pensées. Mais par les dieux, que cette femme était belle !

Filou galopa à un train d'enfer, ne ralentissant qu'en vue du fleuve. Le cavalier et sa monture apprécièrent la fraîcheur de l'eau. Ren la ramena à l'enclos, malgré ses renâclements.

Ensuite, il alla à la rencontre d'un groupe de soldats, préférant les franches explications aux louvoiements. Il tendit une pièce d'argent au garçon d'écurie pour qu'il prenne soin de son cheval en son absence, avant de se tourner vers eux.

— Ren de la Lame, tu dois nous accompagner, bon gré mal gré, dit l'un, agrippant son épée.

— Ai-je commis un crime ? s'enquit-il d'un ton mesuré.

Quelques gardes avaient commencé à l'entourer, gardant toutefois leurs distances. Un attroupement de badauds - certains ouvertement hostiles aux soldats -

s'était formé.

— Résister aux ordres, refuser d'obéir à un conseiller, et cent autres encore. De plus, je n'ai pas besoin de prétextes pour t'administrer une belle correction, ranger. C'est toi qui vois.

— Je vous accompagne. (Il haussa le ton, s'adressant à la foule :) Vous me connaissez : j'ai combattu sur les remparts de Phlan et tué le dragon de bronze qui ravageait votre cité. Je ne mérite pas d'être traité comme un vulgaire voleur. Je m'exécute, mais je trancherai la main du premier qui cherchera à m'enchaîner.

En un battement de cœur, une dague légèrement brillante apparut dans sa main. L'instant suivant, elle avait disparu.

Ce tour de passe-passe suffit à impressionner nombre des témoins de la scène, soldats compris.

— Nous n'avons pas besoin de t'enchaîner ! s'écria le chef. Mes hommes et moi sommes tout à fait capables de te mener devant la justice sans cela.

Ren continua à marcher sans répondre, tête haute.

Au cœur de la Nouvelle Phlan délabrée, on l'amena dans un enclos surélevé fait de bois et de terre. C'était une sorte de fortin, destiné à servir d'ultime retraite en cas d'attaque. L'aventurier fut conduit à une grande tente blanche, où il découvrit les conseillers.

— Pourquoi ce ranger se présente-t-il devant moi en armes ?

Le chevalier qui les accueillit était un homme de grande taille, mince, vêtu d'une armure étincelante. Un personnage de haute naissance : il devait s'agir de Bartholomew. A la table, qui comptait dix sièges, Ren reconnut Anton à la place du dixième conseiller. Dans la situation impossible où il se trouvait, cette présence amie le réconforta. Le prêtre de Tyr le soutiendrait, quoi qu'il advienne.

— C'est moi qui suis venu de mon propre chef, seigneur. Si je porte les armes, c'est que je n'avais pas conscience d'être accusé d'un crime. Le Conseil de Phlan a-t-il changé au point qu'un innocent doive comparaître dépouillé de ses lames comme un criminel ?

— Les rumeurs à ton sujet semblent vraies, Ren de la Lame. Je suis le seigneur Bartholomew, premier conseiller de Phlan la Nouvelle. Nous avons besoin de héros de ta trempe pour nous aider à reconstruire notre cité. Je suis prêt à faire de toi l'un de mes premiers vassaux.

— Je ne suis pas ici pour être affecté à la garde de remparts inexistants. Je suis venu glaner des informations sur mes deux amis. Peut-être as-tu entendu parler d'eux : le prêtre-guerrier Tarl et son épouse Shal ?

— Bah, ils appartenaient à l'ancienne Phlan, que les dieux ont ravie. Nous devons songer à l'avenir, reconstruire notre ville plus belle et plus forte que jamais. Alors, es-tu avec nous ou contre nous ?

Ren en fut stupéfait. Cet homme était disposé à oublier une population entière ! On était loin du type de chef que la situation réclamait.

Anton voulut faire signe au ranger de rester calme, mais ce dernier se moquait des convenances :

— Je vais me lancer à leur recherche, coûte que coûte. Personne ne m'arrêtera !

— T'arrêter ? Je ferai bien plus que t'arrêter : tu seras astreint aux travaux, s'il le faut, ou vendu comme galérien sur quelque navire marchand. Tu travailleras pour Phlan...

— As-tu déjà vu un écureuil enragé attaquer un bûcheron ? l'interrompit une voix grave.

— Ou ce qui arrive quand des rats affamés sont tenaillés par la faim ? ajouta une voix aux accents féminins enchanteurs.

Deux druides venaient de passer devant les gardes, comme s'ils n'existaient pas, pour se glisser jusqu'à Ren. Leurs habits bruns avaient fait place à des tuniques d'un blanc immaculé, quasi aveuglant.

— Des rats, des écureuils ? Gardes, faites sortir ces...

— Oh, je n'essaierais pas, à ta place, dit Talenthia. Nous autres, druides, sommes *liés* aux animaux. Ou ignorerais-tu l'étendue de nos pouvoirs ?

Un énorme rat noir bondit sur la table, imité de sept autres. Ils cernèrent le premier conseiller.

— Laisse-moi parler avant que ma cousine déchaîne ces rats. Je suis Andoralson, druide et adorateur de Sylvanus. Voici Talenthia. Si tu blesses notre ami Ren, ou si tu fais quoi que ce soit pour entraver ses mouvements, tu en subiras les conséquences. Les animaux de la forêt t'empêcheront de dormir. Les mules que tu utilises pour rapporter les pierres des Montagnes de l'Epine Dorsale du Monde n'avanceront plus d'un pas. Les poissons ne se prendront plus dans vos filets. Est-ce que j'oublie quelque chose, Talenthia ? Ren ? (Après un silence stupéfait, le druide ajouta :) Nous repartons tous les trois, maintenant.

Anton était le seul conseiller à paraître ravi ; il ne fit rien pour cacher son sourire épanoui, adressant même un signe d'encouragement au trio.

— Non, je crois que cela suffit, Andoralson. Allons-y. Nous risquons de rester ici quelques jours. Veille à ce que tes fringants soldats ne nous importunent pas, seigneur Bartholomew. (Elle prit Ren par le bras et l'entraîna à l'extérieur.) Je suis heureuse que cette entrevue se soit bien déroulée, chuchota-t-elle. La situation aurait pu empirer. Que faisons-nous à présent ?

— Je n'en ai pas la moindre idée, répondit Ren,

fasciné par le profond regard gris de la belle inconnue.

Il ne se souvenait pas avoir été aussi dérouté de sa
vie.

CHAPITRE VII

PHLAN ASSIÉGÉE

Tout était en place pour livrer bataille. Les troupes étaient réunies au grand complet. Les monstres se tenaient prêts. Toutes sortes de lanceurs de sorts - prêtres comme sorciers -, n'attendaient qu'un signe pour déchaîner leur furie surnaturelle.

Phlan allait de nouveau être sous le feu ennemi.

Au centre de cette ruche galopait un vieux sorcier bavard, trop sûr de lui, sur un horrible cheval noir. Apercevant le commandant en chef, il se dirigea vers lui pour des instructions finales. Marcus jubilait à la perspective du massacre :

— Commandant Karkas, il n'est plus question de perdre. Les pathétiques citoyens de Phlan vont bientôt savoir l'effet que cela fait de mourir broyé.

Il éclata d'un rire grinçant. Le guerrier d'outre-tombe se tourna vers son supérieur ; les vertèbres du squelette ambulant craquèrent. Le cliquetis des os et de l'armure couvrit le brouhaha ambiant. Marcus sourit. Les morts-vivants le fascinaient. Il était ravi d'avoir sous son commandement des squelettes, des goules, des zombis, qui constituaient la moitié des effectifs. Dépourvues de chair et de sang, insensibles à la plupart des coups, ces créatures étaient naturellement immunisées contre de nombreux sortilèges.

Karkas lui prêta une attention polie. Mille ans plus tôt, il avait eu sous ses ordres des centaines de milliers d'hommes. Reposant en paix jusqu'à une période récente, il avait été réveillé par Tanetal. Et on l'avait mis au service de ce nécromancien dément...

Les forces alignées sous ses yeux ne l'impressionnaient guère, mais il ferait de son mieux. Il y avait toujours l'éventualité d'une promotion quand son supérieur pouvait être occis sur le champ de bataille. Mais la position de Marcus ne suscitait en rien son envie. Ce ramassis de guerriers, de monstres et d'enchanteurs n'étaient ni ordonnés ni convenablement aguerris. Les rangs des monstres comptaient presque deux fois la population de Phlan, mais Karkas avait des doutes sur leur efficacité. Avec le temps, il en aurait le cœur net.

L'arrogant sorcier en toge rouge avait mis sur pied une fantastique parade militaire. Mais question stratégie...

Si un mort avait pu respirer, Karkas aurait soupiré. Il feignit de s'intéresser au babillage du vieillard. Les squelettes ne pouvaient guère faire la fine bouche.

— Les portes de Phlan doivent tomber lors de cette offensive. Elles *tomberont*. Des milliers d'hommes sont prêts à mourir pour cela. Une fois les portes réduites en poussière, nous balayerons la ville et décimerons la populace. Mais souvenez-vous, aussi tentant que cela puisse être, il n'est pas question de *tous* les tuer. La plupart de ces humains doivent être capturés *vivants*, et traînés à la Fontaine de Ténèbres. Je réserve d'alléchantes récompenses aux valeureux commandants qui se seront distingués aujourd'hui.

Irrité d'entendre répéter ces plans déjà connus par cœur, Karkas crépita d'énergie occulte. Il savait ce qui arriverait : les mercenaires fuiraient aux premiers signes de résistance. Même la promesse d'or à ne plus savoir qu'en faire ne suffirait pas à les garder en rangs. A l'encontre des souhaits de Marcus, Karkas avait placé les meilleures troupes à l'arrière, afin de couper la route aux fuyards et d'obliger les mercenaires à se battre.

— Regarde ces ogres, ces trolls et ces orcs. Il doit y en avoir un millier. Avec eux comme compagnies de choc, il nous est impossible de perdre. Si seulement nous les avions eus il y a un mois, lors de notre première attaque ! Je n'avais alors que douze démons, à l'instar des autres vassaux de Baine. Les défenseurs de Phlan les ont battus à plate couture ! Par les dieux, cette armée est dix fois plus forte que la précédente !

Le sorcier dément avait raison sur un point : les ogres, les orcs et les trolls étaient ses meilleurs atouts. Eux seuls remporteraient la victoire, si cela était possible.

— Regarde, Karkas : pourquoi ces deux cents squelettes ne sont-ils pas en première ligne avec les autres ?

La réponse fut brève. Moins il en dirait, moins il risquerait de trahir son mépris :

— Des réserves. C'est crucial dans n'importe quelle bataille. Je dois partir mener les ogres au combat. Avec ta permission ?

— Bien sûr. Va. Rends-moi fier, et j'ordonnerai au démon des crevasses de te rendre la vie. Je mènerai personnellement les réserves au combat si besoin est. Ne t'inquiète pas pour tes semblables. Ils seront bien encadrés.

Le squelette guerrier en aurait frissonné, si cela avait été possible. La pensée de cette outre menant quiconque au combat n'avait rien pour lui plaire. De son vivant, il avait contraint les centaines de sorciers placés sous ses ordres à assurer le beau temps - et pratiquement rien d'autre. Et voilà qu'il devait suivre les caprices de l'un d'eux...

Espérant que le mage ne conduirait pas les unités de réserve au désastre, Karkas abandonna tout espoir de les voir accomplir quelque chose d'efficace.

Sur la colline, Marcus était ivre de joie : ses armées allaient remporter la victoire. Baine n'accepterait rien de moins. Grâce aux contacts qu'avait eus le démon des crevasses avec Baine le Fléau, Marcus avait appris que d'autres villes opposaient une résistance aux envahisseurs. Il était soulagé de savoir que Phlan n'était pas un cas unique. Une ville regorgeant de magiciens avait même réussi le tour de force de se retéléporter à son emplacement d'origine, en Féérune. Le Sorcier Rouge espérait que ces problèmes aideraient à calmer la rage du dieu, jusqu'à la reddition de Phlan.

Son enthousiasme retomba légèrement en passant les troupes en revue :

— Où est la quatrième escouade de mercenaires ? J'espère que le démon des crevasses ne les a pas avalés au petit déjeuner ! Ce serait tout à fait dans son genre de croquer nos meilleurs éléments. Peu importe. Il est l'heure d'insuffler la terreur des Sorciers Rouges dans le cœur de nos ennemis. *Xanotos, kartaalomi, tysrius flarigraasi* !

Le troisième tiers de l'immense caverne se remplit d'une boule de feu de plusieurs centaines de mètres. L'aveuglante nova forma graduellement des images et des scènes familières.

Les flammes se tordirent en tours cramoisies et en portes similaires à celles de Phlan, qui reposaient à plus de mille pieds de profondeur sous le sol de la caverne. Des colonnes flamboyantes d'hommes, d'orcs, d'ogres et de trolls apparurent, plus grandes et plus fortes que nature. Ces armées s'élancèrent à l'assaut des tours et des murailles de flammes. Un conflit surnaturel se déroula entre les forces embrasées de Phlan et les légions ruisselantes de feu du Sorcier Rouge. En quelques secondes, les portes tombèrent et des flots de flammes s'engouffrèrent dans les rues de la ville.

— Quel magnifique spectacle ! soupira Marcus.

Si la grandiose vision pouvait effrayer les défenseurs et inspirer ses propres troupes, l'effort méritait le sacrifice de ses réserves magiques.

La fournaise s'abattit par vagues sur son armée. Particulièrement vulnérables au feu, les trolls rampèrent, en proie à l'épouvante. Les ogres, les orcs et les humains restèrent alignés, épouvantés eux aussi. Des centaines de squelettes levèrent leurs orbites vides vers l'effarante démonstration de force. Leurs faces mortes n'exprimaient aucune émotion, mais ils étaient impressionnés malgré tout.

— Stupide sorcier ! siffla Karkas entre ses dents. Maintenant, je vais devoir recourir aux ogres pour forcer les trolls à avancer ! Et il a réduit à néant l'élément de surprise...

Guerriers terrifiants et difficiles à tuer, les trolls redoutaient une chose : le feu, leur unique ennemi, le seul capable de vaincre leur fantastique faculté de régénération. Les grandes créatures verdâtres fuyaient cet élément par-dessus tout.

S'il en réchappait, jamais Karkas ne demanderait à redevenir humain. La tête pleine de pensées rageuses, le commandant envoûté se dit qu'il exigerait plutôt qu'on arrache le cœur à Marcus.

Il lança l'armée à l'attaque.

*
* *

L'exhibition de force magique laissa les défenseurs de marbre. Nul défenseur n'aurait pu dire pourquoi les dieux avaient ravi la ville, ni quand ces tortures prendraient fin. Mais tous savaient se battre, et ils avaient vu pire.

— Tu crois qu'ils vont attaquer ici, Ston ? s'enquit Tulen, mâchonnant son tabac.

— Non, ils se dirigent plutôt vers les Portes de la Mort. Apparemment, ils n'ont pas encore compris... Ces trolls ne sont pas du gâteau. Mon frère Dorel a été dévoré par l'un d'eux, il y a quelques années, lors de la bataille des géants des collines.

— Ce ne devrait pas être un problème cette fois, Ston. Le prêtre, Tarl, nous a envoyé une quantité d'huile bénie dans des peaux d'ours. Il est du genre malin, si tu veux mon avis.

— Je vois. Sa femme a concocté une véritable batterie de défenses magiques. Seigneur, c'est un beau brin de fille !

— Nos mages et nos prêtres ignorent ce qui s'est passé. Qu'en penses-tu ?

— Ça ne m'étonne pas. Les sorciers ont d'habitude réponse à tout. Si les dieux nous veulent en Féérune ou aux Neuf Enfers, nous n'y pouvons rien. Mais nous serons de retour sur le delta de la Mer de Lune avant la fin de l'année, voilà ce que j'en dis. Tarl a le Marteau Sacré de Tyr. Ce n'est pas un dieu que l'on traite à la légère. Si nous repoussons ces attaques, tout ira bien. Tu verras.

— On dirait qu'il y a du grabuge par là-bas. Si nous nous joignions à la fête ?

— Le commandant Billings nous botterait l'arrière-train si nous faisions mine d'abandonner nos

88

postes. Pareille attaque peut très bien être une diversion. Tu te souviens de la bataille de feu ? L'armée de géants qui montait à l'assaut d'un côté, tandis qu'une centaine d'ombres-des-roches attaquaient de l'autre ? Où serions-nous maintenant si les défenseurs d'alors étaient tombés dans le panneau ?

— Enfer et damnation, tu es dans le vrai ! Après notre service, allons trouver le commandant et demandons-lui de nous changer d'affectation, aux Portes de la Mort. A soixante ans passés, on devrait nous laisser le choix !

— C'est une bonne idée. Surtout si cet hideux Sorcier Rouge mène d'autres contingents au combat.

Aux Portes de la Mort, les combattants s'échauffaient. Traînant des échelles et des tours d'assaut, les mercenaires gagnaient du terrain et approchaient. Deux énormes tours de brique rouge s'élevaient à une centaine de pieds de distance l'une de l'autre. D'une hauteur de neuf mètres, elles fourmillaient d'archers et d'équipes chargées de verser sur l'ennemi des chaudrons d'huile bouillante. Les vantaux de vieux chêne étaient bardés de fer.

Entre les tours, un passage à ciel ouvert menait à d'autres beffrois. Là, l'ennemi pouvait être arrosé de flèches ou d'huile. Même si les agresseurs franchissaient les portes, ils devaient affronter une épreuve mortelle. Une nouvelle enceinte intérieure, percée de meurtrières, permettait de décimer l'attaquant par des volées de flèches et de carreaux.

Les sinistres tours roulèrent vers les murs. Lors d'un précédent assaut, à moins de cent mètres de l'objectif, les constructions infernales avaient été réduites en cendres par des tirs enflammés de catapultes. Des boucliers magiques les protégeaient à présent de telles attaques.

— Elles sont ignifugées, imbéciles ! s'époumona Marcus. (Il s'élança dans les nues et observa le déroulement des hostilités à plusieurs dizaines de mètres du sol.) Vous ne les incendierez pas, cette fois !

Des hordes d'ogres poussaient de plus en plus vite les six engins contre les murailles. Chacun abritait une centaine de soldats armés de pied en cap ; les hommes et les ogres brûlaient d'en découdre avec Phlan.

Six claquements assourdissants retentirent ; les tours s'écroulèrent, broyant les infortunés qui se trouvaient près de là.

— Que... Par Baine le Fléau !

Marcus n'en croyait pas ses yeux.

Des clameurs et des cris de joie s'élevèrent sur le chemin de ronde.

— Tu as vu ça, Ston ? Ça a marché ! Je te l'avais bien dit ! Les sorciers ont creusé des trous, et les tours s'y sont cassé la figure !

Tulen faisait des bonds d'allégresse.

Marcus enrageait. Maintenant, il voyait les fosses, couvertes de bois et de terre meuble pour supporter le poids des hommes. Il avait fallu la masse d'une tour d'assaut pour déclencher le piège. C'était malin ! Les tours ignifugées du sorcier gisaient comme des géants aux pieds d'argile.

— Ils vont me le payer ! Ces sombres idiots vont me payer chaque jour de retard sur mon plan ! Ils brûleront pour l'éternité ! (Haletant, il chercha à se calmer.) Ce n'est qu'un inconvénient mineur. Ma petite surprise va les prendre au collet. Attendez un peu, mes gaillards !

Du haut des nues, il vit les volées de flèches, de carreaux d'arbalètes et de rocs strier furieusement les airs pour s'abattre sur les mercenaires lancés à l'assaut. Les murs de bois mobiles, véritables boucliers géants contre les projectiles mortels, leur permettraient de gagner du terrain. Mais à mesure

90

qu'ils approchaient de l'objectif, les carreaux perçaient le bois avec plus de force, déchirant la chair tendre cachée derrière. Les effectifs de mercenaires furent vite clairsemés.

Aucun défenseur ne prêta grande attention à six cavaliers munis de haches, qui chevauchaient légèrement en avant des autres. Les projectiles qui rebondissaient sur eux semblaient simplement mal lancés.

Les six hommes atteignirent les portes sans mal. Au lieu d'attaquer le chêne massif de leurs haches, ils les laissèrent choir, et sortirent chacun un rouleau de parchemin d'un tube d'argent. Protégés par une luminosité surnaturelle, ils psalmodièrent les sortilèges destinés à faire céder les portes.

Les défenseurs les reconnurent trop tard pour ce qu'ils étaient. L'huile bouillante qu'on déversa sur eux fut déviée par un champ de force. Les Portes de la Mort s'ouvrirent en grinçant ; les cavaliers se ruèrent dans le passage. L'enceinte suivante était en vue. Avec de tels chefs à leur tête, les assaillants allaient bientôt investir la place.

Trois cents mercenaires s'engouffrèrent à leur suite, heureux d'échapper à la mort. Les orcs, les trolls et les ogres se précipitèrent. La bataille fit rage.

Dans le tunnel de la mort, six ennemis sur dix payèrent de leur vie la brèche qu'ils venaient de percer. L'enceinte intérieure n'était plus qu'à quelques dizaines de mètres. Les six nécromanciens y parvinrent sans une égratignure. Leurs sortilèges eurent raison des barricades et des loquets. L'ennemi eut un avant-goût de la victoire.

Du haut des remparts, Ston et Tulen virent les portes intérieures s'ouvrir à leur tour, découvrant les grandes artères de la ville. Des rangées d'hommes en armes attendaient l'assaut d'un pied ferme. Leur chef, un prêtre-guerrier armé d'un marteau bleu lumineux, cria aux assaillants :

— Bienvenue à Phlan !

Karkas reconnut le piège mortel. Il avait assiégé de semblables villes fortifiées, des siècles auparavant. Ses effectifs humains avaient mené l'attaque initiale afin de permettre à l'élite d'approcher assez près pour assener le coup de grâce. Sur son ordre, les ogres poussèrent les trolls de chaque côté des portes enfoncées. Karkas s'élança au-devant de ses troupes, une véritable pluie d'acier rebondissant sur lui. D'un sourd éclat de rire, il salua l'avantage de ne pas avoir de chair tendre et faible sur les os quand on livrait bataille.

Du haut de ses nuages, Marcus n'en crut pas ses yeux : ce damné Karkas agissait en dépit du bon sens ! Alors que le reste des troupes n'avait plus qu'à franchir l'enceinte pour envahir Phlan ! Au lieu de cela, les ogres regroupaient les trolls en direction des murs, où les archers, aux meurtrières, allaient les abattre comme des mouches.

— Que ses os pourrissent en enfer ! Me voilà forcé de voler à leur secours !

Le Sorcier Rouge atterrit à l'arrière de son armée. Il hurla aux forces de réserve, les squelettes, d'avancer. Une multitude d'os s'ébranla en grinçant. Marcus les enveloppa de boucliers de protection. Des flammèches dansèrent et voletèrent sur le morbide régiment. D'autres sortilèges augmentèrent la célérité de l'escouade. Le thaumaturge se dissimula derrière une colonne de feu. Dirigeant les squelettes vers les portes, il perdit de vue l'ensemble de son armée.

Les ogres poussaient les trolls à l'assaut des murs. De toute l'histoire de Phlan, aucun ennemi n'avait encore jamais recouru à pareille tactique. En quelques instants, cinquante trolls de deux mètres de haut se mirent à griffer et à mordre les soldats.

Pendant ce temps, les ogres et les orcs dressaient leurs échelles ; ils grimpèrent sans rencontrer la moindre résistance. Karkas les imita le dernier. Ses mâchoires s'ouvrirent sur une parodie de sourire ; il savourait son exceptionnelle stratégie.

Armé de son Marteau divin, Tarl combattait les envahisseurs ; les fantassins décimaient les mercenaires. Cette tactique avait fait ses preuves. D'un signe, Tarl donna l'ordre de verser l'huile bouillante, coupant toute retraite à l'adversaire. Puis il se prépara à affronter les six nécromanciens en combat rapproché. Des centaines de défenseurs massacrèrent les mercenaires jusqu'au dernier. Personne ne songea à se rendre. Dans cette lutte à mort, il ne pouvait y avoir qu'une seule issue.

Dans les nues, les enchanteurs de Phlan, juchés sur un arc-en-ciel, lançaient un sortilège qui avait requis des décennies de recherches. Sous eux scintillait la couleur de prédilection de chacun : des théories de jade, d'azur, d'orange, d'or, de pourpre, et une myriade de teintes subtiles se mêlaient. Des éclairs, des boules de feu, des essaims de frelons, des averses de glace pleuvaient dru sur les monstres braillards.

Storm beugla pour couvrir le vacarme :

— Tu devrais voir ça, Tulen ! Les sorciers réduisent en cendres tout ce qu'ils touchent ! Les trolls se font hacher menu ! Allons, les gars, mettez vite le feu avant que ces créatures recollent leurs morceaux ! Ces maudits trolls se régénèrent en moins de temps qu'il ne faut pour le dire !

La plupart des monstres se firent tailler en pièces avant que les ogres et les orcs entrent dans la mêlée. Une douzaine de guerriers ne cessaient d'asperger d'huile les hideux morceaux de chair verte avant d'y mettre le feu. La puanteur qui s'en dégageait était quasi insupportable.

Mais sur le chemin de ronde, les ogres s'abattirent

sur les rangs ordonnés des défenseurs. Voyant ses troupes à face porcine se jeter dans la bataille à corps perdu, Karkas retrouva de l'assurance. Ils avaient déjà essuyé de lourdes pertes, mais ses soldats tenaient bon, et leur hargne ne connaissait aucun flottement. La frénésie du sang était telle qu'il n'était plus question de renoncer.

C'est alors que le commandant mort remarqua une chose à laquelle il ne s'attendait pas : une paroi de brique rouge supplémentaire s'élevait quelques dizaines de mètres plus loin dans la ville. Puis une autre ; puis une autre. Et encore une autre... Cette damnée ville était bardée de remparts internes ! Karkas espéra que le Sorcier Rouge avait prévu de brillantes contre-mesures.

Entre-temps, Marcus s'enivrait d'énergie surnaturelle ; juché sur son infernale jument noire, il conduisit les squelettes jusqu'aux tours externes. L'éventualité d'un échec ne lui vint jamais à l'esprit.

— *Ubinosis erronazanz blutuphonkrar* !

Les portes volèrent en éclats, broyant dix ennemis au passage.

Au contact du champ de force qui protégeait le Sorcier Rouge, les projectiles tombèrent en poussière.

Des rayons noirs jaillirent de ses doigts et réduisirent en cendres les cadavres des mercenaires. Le passage encombré de corps fut jonché d'une couche de suie. Marcus vit le portail ouvert devant lui. La victoire était sienne !

— Voilà comment procéder ! Où est ce demeuré de Karkas ? Il pourrait en tirer une leçon profitable !

Il chevaucha fièrement dans la ville, entouré d'un nuage de soufre, cerné par des contingents de défenseurs. Mais ils étaient trop loin pour que ses sortilèges les atteignent.

Seul un prêtre-guerrier lui faisait face.

— Je te reconnais, prêtre. Tu t'es déjà mis en travers de mon chemin la dernière fois !

Tarl ne voyait qu'une colonne de feu, mais il savait que le sorcier s'y trouvait. Tout autour, les citoyens de Phlan résistaient vaillamment. Dans les cieux, les thaumaturges participaient activement à la bataille ; le cœur lourd, Tarl repéra le pourpre de Shal. Mais elle était en sécurité là où elle se trouvait, et sa présence était décisive. Le prêtre se tourna vers Marcus :

— Qu'as-tu infligé à la ville de Phlan ?

— Pitoyable humain ! Mes guerriers ne vont faire qu'une bouchée de toi !

Marcus fit signe aux squelettes d'attaquer. La relique sacrée s'illumina, signe de la puissance divine. Les squelettes les plus proches tombèrent en poussière. Les suivants connurent le même sort. Une pile d'armures poussiéreuses se trouva bientôt aux pieds du prêtre.

— Réponds-moi à présent, sorcier, ou tu subiras le courroux de mon dieu !

Marcus lança une boule de feu, suivi d'un cercle enflammé et d'une masse de tentacules brûlants. Le Marteau absorba l'énergie maléfique, s'embrasant sous l'impact.

Horrifié, le suppôt de Baine vit le Marteau engloutir tous ses sortilèges. Sa tour de flammes et ses protections s'évanouirent à l'approche du prêtre.

Fou furieux, le Sorcier Rouge tira sur la bride de sa monture, et franchit le mur d'un bond. En plein ciel, des rayons pourpres et orange le cernèrent. Marcus dut battre en retraite, abandonnant son armée à son sort.

La piste brillante laissée par le lâche attira l'attention des deux vieux compères. Ston et Tulen s'administrèrent mutuellement de grandes claques dans le dos, sautillant de joie. Karkas aussi le remarqua.

— Par les dieux ! Nous aurions pu gagner ! pesta-t-il, écœuré.

Les ogres et lui avaient eu raison des défenses centrales. Les trolls avaient été massacrés, mais les orcs se battaient encore avec énergie. Des renforts étaient en route.

Karkas donna l'ordre de battre en retraite. On ne l'y reprendrait pas à se laisser détruire deux fois en mille ans ! Surtout par la faute d'un sombre idiot doublé d'un lâche. S'il remettait jamais sa main osseuse sur ce Sorcier Rouge, il y aurait un véritable carnage.

*
* *

De retour chez lui, cramoisi de rage, Marcus hurla un chapelet de jurons. Calmement assis en tailleur, le démon lévitait quelques centimètres au-dessus du sol.

Une partie de la fureur et de la frustration du sorcier disparut à la vision comique qu'offrait la créature démoniaque. Mais quand elle se redressa de toute sa taille, il n'y eut plus rien de cocasse. L'odeur rance du sang séché flottait dans la pièce. La bête massive s'étira du bout des ailes jusqu'aux orteils. Même parmi ceux de son espèce, c'était une vision de cauchemar. Marcus remarqua qu'elle semblait plus puissante et plus grande qu'à son arrivée dans ce monde.

— As-tu perdu ? *Latenat !* bava-t-il.

Froissé, le sorcier tendit la main : une boule de brume noire voilait le cœur du démon. Tanetal inclina la tête. Marcus détenait la clef de son existence dans le plan matériel primaire - son nom -, et le moyen de le détruire totalement : son cœur figé. Si le nécromancien le souhaitait, il pouvait le renvoyer dans les Neuf Enfers, ou le broyer à tout instant.

— J'ai livré bataille à la perfection ! rugit Marcus d'une voix stridente, arpentant furieusement la pièce.

Une lumière surnaturelle inonda les lieux ; le démon se recroquevilla. Les êtres de son espèce détestaient la lumière.

— Il serait temps que tu prennes la mesure de notre ennemi, gronda le sorcier. J'ai déjà perdu trop de batailles. Cette ville trois fois maudite est toujours prête à se battre ! Aujourd'hui nous avons enfoncé les portes, mais sans parvenir à vaincre ces gens. La prochaine fois, tu seras de la fête !

— Je croyais que nous étions d'accord pour que je protège cette tour et que je concentre nos pouvoirs. Tu es censé conduire nos armées à la victoire !

— Je me moque de ce que nous avons convenu ou non ! Phlan doit être conquise, et les forces que tu m'as données ne suffisent pas. Baine va se repaître de nos *deux* âmes !

— En ce qui me concerne, cela ne changera rien à rien. Je retournerai d'où je viens. Toi, tu peux t'attendre à être transformé en *larve*, à la fin d'un processus extrêmement douloureux. Puis tu seras jeté dans le cœur d'une montagne haute de trente mille pieds, grouillante d'autres asticots, où tu attendras que te dévorent des êtres répugnants.

« Sache, ô mon maître, que j'ai contacté les prêtres du grand Moander. Une partie de leur secte est en chemin pour se soumettre à tes ordres. Ni les flèches ni les pierres n'atteignent ses fidèles. Avec une telle force de frappe, tu es sûr de remporter la victoire.

« J'ai rempli ma part du contrat. J'ai envoyé une

partie des mercenaires dans la Fontaine de Ténèbres pour apaiser Baine. Ces humains étaient idiots. Je leur ai fait croire que les eaux d'ébène les rendraient invincibles. Ils n'ont jamais soupçonné qu'ils étaient jetés en pâture à notre dieu. Reconnaissant, il s'est adouci pour un temps. Il te complimente même. Que puis-je faire de plus pour toi, maître ? »

— Jusqu'à présent, tu as tout gâché ! Enfin, ce sont de meilleures nouvelles. Je me retire dans la salle du trône en attendant ce nouveau contingent. Je vais envoyer des espions repérer les meilleures positions stratégiques. J'ai besoin d'en savoir plus.

Il fit disparaître la brume noirâtre dans une poche dimensionnelle. Le démon aurait voulu en connaître la localisation précise. Pour l'instant le sorcier le tenait à sa merci.

Marcus partit se reposer en compagnie de l'érinye. *La vie du futur maître du monde est parfois bien pénible*, soupira-t-il. Il rêva du futur glorieux qui l'attendait.

Tanetal, lui, se fustigeait :

— Quel imbécile j'ai été de ne pas le tuer il y a longtemps !

Il moucha les flammes ensorcelées laissées par Marcus. La tâche se révéla particulièrement ardue ; le sorcier de Thay avait encore gagné en puissance.

— Mais je ne lui ai pas *tout* appris. Si Phlan ne tombe pas bientôt, cet avorton va endurer la rage divine ! Ça lui fera les pieds !

C'était encore lui, Tanetal, qui allait devoir expliquer à Baine ce nouvel échec. Le démon poussa un soupir à fendre l'âme.

Il gardait cependant espoir. Lors du sacrifice des mercenaires, dans la Fontaine de Ténèbres, il avait absorbé une partie de leurs énergies méphitiques. Peut-être cela suffirait-il à affronter le courroux divin.

Il devrait prendre garde à ne pas exhiber ses nouvelles capacités. Le dieu était méfiant et jaloux ; il faudrait lui fournir bientôt une multitude d'âmes pour le contenter.

— Oui, petit humain. Je vais appeler Baine une fois de plus. Mais le dieu saura qui contrôle les opérations ici. *Latenat* !

Les dernières flammèches maléfiques moururent.

CHAPITRE VIII

FONTAINE DE MYSTÈRE

A la faible clarté de l'aube, le sortilège d'Evaine disparut brutalement. L'esprit errant de la jeune femme réintégra son enveloppe corporelle. A part son visage couvert de poussière fine, due à l'explosion du cristal, elle était indemne.

— *Si j'ignorais ce que tu viens d'endurer*, transmit Gamaliel, *je plaisanterais à propos de ta face de clown. Tu dois te reposer.*

Sans mot dire, elle s'essuya soigneusement la tête et récupéra la poudre dans un tissu. Elle servirait comme composant magique. Puis son familier, empli de sollicitude, l'aida à s'allonger. Elle s'endormit comme une masse, tandis qu'il promettait de veiller à tout.

La sorcière revint à elle en pleine nuit. Elle vit deux points luisants près de là ; son compagnon la rejoignit en quelques bonds.

— *Tu as dormi toute la journée. L'aube sera là dans une heure. Restaure-toi et reprends des forces.*

Elle se sentit mieux ensuite.

— Je vais attendre que le ciel s'éclaircisse, Gam. As-tu mangé ? Va chasser, je ne risque rien.

Le familier hésita, puis partit. A son réveil, elle le regarda dévorer sa truite habituelle, puis se nettoyer méthodiquement. Elle ne se lassait pas de contempler ces menus gestes quotidiens, véritable havre de paix au cœur d'une vie d'aventures et de défis permanents.

D'un mot, elle alluma un nouveau feu de camp.

— *Alors, que s'est-il passé ?* demanda Gamaliel, curieux. *Tout ne s'est pas déroulé au mieux, apparemment.*

— Je n'ai pas de certitude, soupira-t-elle. (Elle remarqua des griffures sur son épaule.) Gamaliel, que t'est-il arrivé ?

— *Rien, vraiment : quatre loups ont tourné casaque dès qu'ils se sont cassés le nez contre ton champ de force. Ce sont les ours-hiboux qui m'ont donné du fil à retordre !*

Sa fausse modestie fit éclater de rire la sorcière.

— Monseigneur Muscles, hein, chaton ? Tu me surprends parfois. Comment ont-ils réussi à franchir la barrière ? s'enquit-elle, passant un onguent sur ses blessures.

— *Les trois premiers ont été grillés au contact du bouclier. Les deux autres ont sauté. J'étais prêt à les recevoir... J'ai ensuite traîné leurs cadavres dans les bois, afin de ne pas offenser tes narines avec leur puanteur dès ton réveil.*

Evaine lui gratta la tête avec vigueur.

— Tu vaux ton pesant d'or ! Ma bonne étoile veillait sur moi quand je t'ai rencontré. (Les blessures avaient disparu, instantanément guéries par l'onguent.) Tu te sens mieux, Gamaliel ?

Il frotta son museau contre elle, ronronnant d'aise.

— Nous ferions mieux de reprendre la route.

Quand nous aurons levé le camp, conduis-moi jusqu'aux cadavres des ours-hiboux : leurs plumes font d'excellentes composants de sorts.

En chemin, elle lui raconta ce qui s'était passé, réfléchissant en même temps :

— Gam, tu sais ce qui aurait dû se produire, toi aussi. J'aurais dû localiser la Fontaine, et en apprendre plus sur sa nature maléfique... Cette fois, je n'ai même pas vu où elle se trouvait. Je n'ai repéré Phlan nulle part. Comme si une catastrophe aux proportions épiques l'avait effacée de la surface de la terre... Attendons d'arriver là-bas.

Si Gamaliel ne comprenait pas toujours la magie, il soutenait sa maîtresse en toute circonstance :

— *Tu doutes rarement de toi, Evaine. Tu es une enchanteresse prudente et avisée, qui n'agit pas à la légère. Fie-toi à ton instinct. Il est sûr.*

— Mais c'est en partie le problème, Gam. Je ne suis pas *sûre* de moi. Comment une ville entière aurait-elle pu disparaître ?

Sans répondre, Gamaliel se frotta à ses jambes.

Ils marchèrent deux heures à travers bois. Son compagnon, qui ouvrait la marche, pila soudain, humant l'air délicatement. Elle n'entendait que le bruit du vent dans les branches.

Sans crier gare, le félin fit volte-face et vola dans les airs, bondissant sur quelque chose *derrière* elle. Tête baissée, se tournant à son tour, elle n'eut que le temps de voir Gamaliel, toutes griffes dehors, lutter contre une créature de deux mètres, que l'impact précipita à terre, ainsi que celle qui la suivait. Ces créatures arboraient une fourrure d'un brun jaunâtre et des faciès d'ours. Leurs oreilles pointues s'accordaient à leurs crocs aiguisés. Gamaliel en expédia rapidement deux *ad patres*.

Evaine invoqua des champs de force pour calciner neuf des agresseurs : dix-huit rayons verts jaillirent de ses doigts et embrasèrent sept autres monstres. L'air se chargea de l'odeur de la chair roussie. Le familier bondit sur le rescapé le moins atteint, tandis qu'Evaine esquivait les coups de haches des quatre derniers. Son anneau de protection dévia plusieurs attaques. Lançant un nouveau sort en hâte, elle devint invisible.

Stupéfaits, les monstres suspendirent leur action, indécis. Leur proie leur échappait !

Evaine réapparut plus loin et cria pour attirer leur attention ; elle ne voulait pas laisser d'ennemis derrière elle. Un souffle de glace s'abattit sur les trois créatures et les tua.

Le dernier survivant chargea, hache haute. En déviant le coup, l'enchanteresse trébucha sur des broussailles. Yeux clos, elle attendit le coup de grâce. Puis elle entendit un bruit mat mais ne sentit rien. Rouvrant les yeux, elle vit le monstre plaqué au sol, Gamaliel juché sur son dos.

Evaine s'affaissa, pantelante. Longtemps après, elle soigna son familier.

Les deux amis se reposèrent avant de fouiller les cadavres à la recherche de pièces ou d'objets utiles. Dépouiller les morts n'avait rien de plaisant. Les charognes empestaient la crasse et la viande pourrie, mais la sorcière ne négligeait aucune occasion de remplir sa bourse. Les composants magiques coûtaient cher.

Elle trouva une dizaine de gemmes, un peu d'argent et d'or.

— Voilà assez pour nous acheter deux chevaux et payer la traversée de la Mer de Lune, dit-elle à son compagnon. Pas mal !

Ils se remirent en route.

— *Au fait, maîtresse*, transmit-il, *pourquoi ne pas avoir balayé ces brutes d'une boule de feu ? Cela les aurait tués en un clin d'œil.*

— J'y ai pensé, mais j'aurais risqué de te faire frire avec eux, ou de mettre le feu à la forêt. J'ai donc choisi des sorts moins spectaculaires. Et on les a eus !

Le chat approuva et se faufila dans le sous-bois.

Une autre nuit passa, sans incident. Ils continuèrent leur périple à vive allure. En parvenant à une grande voie de communication, Evaine proposa à son compagnon d'adopter une allure plus... humaine. Le chat protesta, mais se résigna.

Son pendentif de jade se mit à luire. Sa silhouette féline se brouilla. L'instant suivant, un jeune homme de haute taille se tenait devant elle, vêtu de peaux taillées sur mesure. Il avait un regard vert intense et de longs cheveux couleur sable. Il portait des gants d'un brun prononcé, et, en bandoulière, une grande épée dans un fourreau de daim.

— Ah ! quel beau barbare ! s'exclama Evaine, admirative. Tu es un chat splendide, Gam, mais tu fais un humain magnifique ! Tu t'y habitueras en un rien de temps.

Sans mot dire, Gamaliel suivit sa maîtresse hors des bois. Ils rejoignirent le flot de pèlerins, de fermiers et de paysans qui empruntaient cette route.

Elle ne tarda pas à repérer deux beaux chevaux et négocia le prix avec leur propriétaire.

A la nuit tombée, ils atteignirent la mer. Une auberge avait encore une chambre de libre. Ce luxe serait le bienvenu après des semaines passées dans les bois. Le lendemain, ils seraient à Phlan.

CHAPITRE IX

DES RÉUNIONS DÉROUTANTES

Dans les rues de Phlan la Nouvelle, Ren contemplait au loin la Mer de Lune. Phlan avait disparu, et Shal et Tarl aussi. Le Conseil voulait aussi faire de lui son laquais. Comme si le tableau n'était pas déjà assez noir, deux druides qui prétendaient le connaître le suivaient comme son ombre.

Malgré ses efforts pour tromper leur vigilance, ils le rattrapaient toujours et ramenaient inlassablement la conversation sur la Fontaine de Ténèbres.

Il avait fermé les yeux un instant. Quand il les rouvrit, ils étaient là... Il grogna :

— Ecoutez, je vous suis reconnaissant de m'avoir sauvé du Conseil, mais je tiens à travailler seul.

Exaspéré, il ne pouvait se défendre de ressentir une certaine attirance pour eux, sans savoir pourquoi.

Irrité, il se souvint avoir éprouvé les mêmes sentiments lors de sa première rencontre avec Shal et Tarl.

Talenthia lui prit la main :

— Mais Sylvanus veut que nous...

— Je sais, vous me l'avez dit cent fois déjà. Je ne désire pas manquer de respect à votre dieu, mais il devra vous trouver une autre mission. Une fois que j'aurai pris une décision, je veux agir *vite*. Vous ne feriez que me retarder.

Il se dirigea à grands pas vers l'enclos, projetant de prendre de l'exercice avec Filou.

Les druides le suivirent, déterminés à ne pas le lâcher d'une semelle.

Le trio longea les pitoyables rangées de tentes. Où que les regards se tournent, des malheureux mendiaient. Des citoyens, naguère dynamiques, restaient plongés dans l'apathie, en proie à la faim et à la tristesse. C'en fut trop pour les trois compagnons.

Observant les réactions du ranger, Talenthia dit :

— Ren, nous savons ce que tu ressens. Nous voulons tous les secourir, et la meilleure façon de leur rendre leur joie de vivre, c'est de retrouver Phlan. Tu en as le pouvoir, et nous sommes là pour t'aider.

D'une main posée sur son épaule, le druide l'arrêta :

— Ce n'est pas plus facile pour Talenthia ou pour moi. Notre dieu nous a *ordonnés* de te seconder. Nous n'avons pas le choix.

Ren médita ces paroles. Les druides étaient puissants et parfaitement capables de se débrouiller seuls. Pourquoi s'acharnait-il à les repousser ?

— Très bien. Je ne vois aucune raison valable de refuser votre offre. Si vous acceptez de suivre mes ordres, nous travaillerons ensemble. Avez-vous idée de ce qui a pu se passer ?

— Non, dit Talenthia, troublée. Quelque chose fait barrage contre nos tentatives d'en savoir plus. Sylvanus nous a envoyés ici pour une raison précise, j'imagine. Nous t'avons facilement trouvé, et quelqu'un d'autre se joindra à notre quête, nous en sommes convaincus.

Ren leva les yeux au ciel. Puis il demanda :

— Avez-vous des chevaux, au fait ?

— Non, répondit-elle, échangeant un regard malicieux avec son cousin. Nous utilisons d'*autres* moyens. Mais j'aimerais voir ta monture et en apprendre plus sur toi...

Le ranger grimaça ; les druides communiquaient avec les bêtes.

— Talenthia, il y a plus urgent, la réprimanda Andoralson.

Ils descendirent vers le fleuve ; la druidesse expliqua que les animaux ne leur avaient rien appris de déterminant sur le mystère. En approchant du gué, le bruit d'une dispute attira leur attention :

— Mais je ne reste pas ! En quelle langue faut-il parler ?

Une sorcière menue, en habits verts et en cuissardes de daim perdait patience face au seigneur Wainwright et à son comité d'accueil... La posture du grand guerrier barbare, à son côté, en disait long.

— Je parierais que c'est une puissante enchanteresse, Talenthia. As-tu remarqué le rythme de son élocution et sa façon de prononcer les mots ?

— Oui, et ce curieux barbare... Je suis sûre qu'il n'est pas ce qu'il paraît. On jurerait qu'il va bondir pour la défendre.

Ren ne voyait rien de tout cela. Il remarqua les longues nattes rousses, les yeux verts pétillants de l'inconnue. Et il sourit du cocasse de la scène :

— Voilà une mauvaise semaine pour notre pauvre ami Wainwright. Cette magicienne me paraît disposée à le réduire en cendres d'une seconde à l'autre...

La dispute s'envenima ; un attroupement se forma, à bonne distance du trio qui observait le tableau. Les gens reconnaissaient Ren et chuchotaient, la voix pleine de frayeur et d'admiration.

La sorcière s'adressait maintenant à son interlocuteur en termes simples, pensant peut-être que sa cervelle épaisse avait besoin d'aide :

— Ce sont des bêtes de bât : elles transportent mes affaires. Comment pourrais-je charger les articles que j'emporte si mes chevaux sont à plus d'une lieue de l'endroit de mes achats ?

— Dame, reprit le chevalier, tu dois te plier aux ordres. Mène tes bêtes à l'enclos ; ce jeune homme portera tes sacs. Sois une bonne petite magicienne et fais ce que je dis.

Il posa les mains sur ses épaules pour la forcer à débarquer.

La femme se dégagea ; un éclair émeraude jaillit et projeta le chevalier contre ses hommes, qui dégainèrent leurs armes.

Le barbare empoigna la sienne ; Evaine attendit, un air de défi sur le visage.

Les soldats sont prêts à mourir pour obéir aux ordres, se dit le ranger.

Il fallait intervenir *maintenant*.

— Mes seigneurs, ma dame, rangez vos armes !

Suivi des druides, il se fraya un passage parmi les gardes, qui avaient tourné la tête au son de sa voix.

Ren aida le chevalier étourdi à se remettre sur pied :

— Nous ne devrions plus nous rencontrer dans de semblables circonstances, mon ami.

Derrière sa cousine, Andoralson lança dans les cieux une étrange illusion de langues de feu qui fit se disperser la foule craintive. Stupéfaite, l'enchanteresse fixait les trois inconnus, son bâton en main, prête à tout.

Les druides se séparèrent pour affronter les gardes.

— *Enangusfusius* !

Cinq Andoralson se matérialisèrent. Déroutés, les gardes ne surent plus où donner de la tête : une sorcière qui râlait, leur chef dans les choux, un barbare prêt à les pourfendre... C'était trop ! Ils échangèrent des regards, à un doigt de baisser pavillon. Pour noircir encore le tableau, ils avaient contre eux un des héros de la ville. Ils savaient quand il fallait s'avouer vaincu.

Le seigneur Wainwright n'avait plus la situation en main. Il tâcha de ne pas perdre complètement la face :

— Peu importe ces phénomènes. Je reconnais que je n'aurais pas dû porter la main sur toi, belle dame. Toutes mes excuses. (Soupirant, elle les accepta d'un signe de tête.) Mais ton barbare va remettre son arme au fourreau, et tu vas mener les chevaux à l'écart. Si tu refuses, je ne réponds de rien.

Elle jaugea la garde, qui ne résisterait ni à ses pouvoirs ni à Gamaliel.

— On n'aurait jamais dû en arriver là. Où est le corral, je te prie ?

Ren et les druides s'éclipsèrent au milieu des badauds, qui s'écartaient avec respect.

L'enchanteresse tenta de se montrer gracieuse :

— Bon guerrier, pardonne, je te prie, mes réactions hâtives. Peux-tu me dire qui était ce ranger ?

Heureux de ce changement d'attitude, Wainwright répondit :

— Oh, c'était Ren de la Lame, renommé dans tout Phlan. Il y a dix ans, ses amis et lui ont découvert la Fontaine de Lumière et tué le dragon qui en était le gardien. Cela a ramené la sécurité dans notre belle ville - du moins jusqu'à ce que des dieux trois fois maudits nous enlèvent Phlan !

Evaine et son familier se rendirent à l'enclos, suivis des regards des badauds.

— Gamaliel, tu as entendu : ce guerrier connaissait la Fontaine de Lumière, avant qu'elle se transforme. Je veux savoir comment elle a pu changer de nature. Il faut retrouver ce Ren et lui poser quelques questions.

En arrivant, elle transmit mentalement à son ami :

— *Gamaliel, ils sont là. Essaie d'occuper les druides pendant que je parle au ranger. Ce ne sera pas long.*

— *Prudence, Evaine. Tous trois respirent la magie.*

— *Tu es trop anxieux. Il faut que je lui parle et que j'en apprenne plus long. Allez !*

— Druides, cria-t-il, auriez-vous la gentillesse d'examiner nos chevaux ? Il se pourrait qu'ils aient une mauvaise fièvre.

Evaine sourit de l'intelligence de son fidèle compagnon. Les druides, renommés pour leur amour de la nature, ne pourraient refuser.

Ren était occupé à étriller le plus grand cheval de guerre qu'elle eût jamais vu.

— Ranger, mon nom est Evaine. Je veux te remercier d'avoir maîtrisé une situation qui aurait pu mal tourner.

— N'y pense plus, ma dame. Mes amis m'appellent Ren. Qu'est-ce qui t'amène à la Nouvelle Phlan ?

Un silence gêné tomba ; elle reprit :

— Le chevalier m'a dit que tu connaissais la Fontaine de Lumière. J'ai toujours été fascinée par ces sources, sans être sûre de leur réalité.

Ren s'immobilisa et la regarda dans les yeux :

— Elles existent. Tu peux croire quelqu'un qui les a vues de près. J'ai eu l'honneur de libérer cette ville du dragon corrompu qui utilisait la Fontaine de Lumière.

— Je m'y intéresse à des fins archéologiques, mentit-elle. J'ai appris l'existence de cette Fontaine avant qu'elle se volatilise, ainsi que la ville. J'aimerais la retrouver, si cela est possible.

Soudain, Ren s'anima :

— Participerais-tu à une quête pour retrouver la Fontaine ? (Elle hocha la tête.) Talenthia, Andoralson, venez ! J'ai trouvé quelqu'un de plus pour notre mission !

Les druides accoururent, suivis du barbare. Ren leur présenta Evaine, qui présenta à son tour Gamaliel. Ils se mirent à parler en même temps ; la sorcière les arrêta :

— Laissez-moi deviner ; c'est une de mes marottes. Voyons. Toi, Ren, tu es un ranger par conviction, mais tu es aussi voleur à tes heures. Tu admires les femmes, sans avoir encore jeté ton dévolu sur l'une d'elles. Et tu es un héros de Phlan. Tu es de retour après une longue absence.

« Talenthia et Andoralson : vous êtes des druides, mais c'est Andoralson qui contrôle les illusions. Vous êtes parents... Cousins peut-être. Votre dieu vous a envoyés à Phlan. Vous voyagez en recourant à vos facultés de métamorphes. Et vous connaissez Ren depuis quelques jours. Alors ? Qu'en dites-vous ? »

Le trio la regarda, stupéfait.

— Tu as usé de magie pour nous espionner ! l'accusa Andoralson.

— Ne sois pas idiot, répondit-elle, amusée. Il y a une demi-heure, j'ignorais que vous existiez !

— La magie mentale. Tu peux lire nos pensées, avança Talenthia.

— Non. Lire dans trois esprits simultanément m'aurait donné de terribles maux de tête.

— Peut-être es-tu une fine mouche, dit Ren, ne voulant pas rester en dehors du jeu.

Evaine posa le doigt sur le bout de son nez :

— Le ranger a gagné ! Je vous ai soigneusement observés, et j'ai fait quelques déductions. Ren, par exemple, marche d'un pas léger - comme s'il était dans les bois. Mais il est vif et agile, et il a tout à fait la démarche d'un voleur. La façon dont il s'adresse à Talenthia ou à moi dénote un certain respect des femmes, et le goût de leur compagnie. (Ren acquiesça.) De plus, il a la peau tannée des gens qui vivent au grand air.

« Les druides : votre comportement l'un envers l'autre n'est pas romantique, et il y a une ressemblance physique entre vous. (Ils sourirent de sa finesse de déduction.) J'ai vu Andoralson créer une illusion tout à l'heure, au gué, c'était facile. Vous n'avez pas de chevaux : j'en déduis que vous avez la faculté de vous métamorphoser en animaux. Si vous aviez traversé la forêt, vos habits seraient sales et déchirés. Vous êtes ici sur ordre de votre dieu : facile à deviner, car les druides ne restent jamais en ville de leur plein gré. La nature est votre domaine. Eh bien ? »

Elle attendit leur réaction.

Ren éclata de rire. Après la mélancolie des derniers jours, cette femme était une bouffée d'air pur. Son intuition et sa présence d'esprit étaient remarquables.

— Touché, belle dame. Rien ne t'échappe. Peux-tu deviner ma date de naissance ?

— Non, Ren. Je ne peux pas la deviner rien qu'en te regardant !

Les druides ne revenaient pas de leur ébahissement. Mais ils se laissèrent gagner par l'amusement des deux autres.

— Tu nous as percés à jour, dit Ren. Si tu nous parlais de ton ami et de toi ?

— Il n'y a pas grand-chose à dire, répondit-elle. Je suis venue chercher des ingrédients rares à Phlan. Je préfère voyager que rester dans une pièce obscure. Gamaliel m'accompagne toujours. C'est un guerrier de valeur, qui veille constamment sur moi.

Nous sommes ensemble depuis des années.

La gracieuse démarche du barbare et sa concentration ne laissaient pas de place au doute : c'était un protecteur efficace. L'absence d'armure n'était pas un signe de faiblesse. Sa lourde épée signalait son adresse au combat.

Le nouveau groupe repartit en bavardant. Ren expliqua sa mission, et les druides, la leur.

Sur un murmure de Gamaliel, Evaine dit, l'air sombre :

— Je n'ai pas pour habitude de livrer mes secrets à des étrangers, mais je crois pouvoir vous faire confiance. Nous avons tous quelque chose que les autres désirent. Je n'ai pas dit l'entière vérité. J'ai consacré ma vie à retrouver et détruire les sources maléfiques. Les Fontaines de Lumière peuvent se transformer en Fontaines de Ténèbres, c'est-à-dire en de puissants agents au service de forces démoniaques. Je dois en savoir plus sur ce qui s'est produit à Phlan il y a dix ans. La moindre information pourrait m'aider.

« J'ai retrouvé et anéanti quatre Fontaines ces cinq dernières années. Je connais beaucoup de sorts pour purifier les eaux souillées. J'ai eu d'étranges visions. Unissons nos efforts. »

Ren fut le premier à retrouver sa voix :

— Evaine, es-tu en train de nous dire que tu as les moyens de retrouver la Fontaine de Phlan ?

— Oui, je crois. Quittons d'abord ce misérable campement. Dans quatre jours, j'exécuterai mon sort de détection. C'est très dangereux.

Ren fut transporté de joie. Pour la première fois depuis son arrivée, il voyait poindre un espoir.

— Je ferai tout pour retrouver mes amis. Tu peux aussi compter sur l'aide des druides.

Un sourire curieux ourla les lèvres de la sorcière.

— Comme c'est bizarre. D'ordinaire, je ne travaille qu'avec Gamaliel. Cette fois, je crois que le destin a prévu quelque chose de différent. Je n'ai pas le choix.

Andoralson éclata de rire.

Exaspérée, Talenthia soupira :

— Pourquoi vous autres, silencieux et doués d'une forte personnalité, éprouvez-vous toujours le besoin de rester seuls ? Si tout le monde faisait comme vous, que la vie serait morne !

— Allons, nous avons du pain sur la planche, dit son cousin aux yeux gris. Nous devons ourdir des plans et réunir des vivres.

Ren les conduisit à la tente des prêtres de Tyr :

— Il fait déjà nuit. J'ai faim et il nous faut trouver un endroit où dormir. Frère Anton ne verra pas d'objection à nous loger.

Anton les accueillit chaleureusement et leur offrit un bon repas. Fatigués, mais trop excités pour dormir, les cinq nouveaux compagnons chuchotèrent tard dans la nuit, échangeant des souvenirs et des conseils. Leur sommeil agité fut peuplé de mauvais rêves.

CHAPITRE X

LA BATAILLE DES MORTS-VIVANTS

— Au nord ?

— Oui, au nord. On ne va pas débattre chaque fois que je veux lancer un sort ?

— Non. Tu es le cerveau et moi les muscles. Mais le bûcheron qui est en moi désire savoir pourquoi cette direction plutôt qu'une autre.

— Et le druide, en moi, aimerait aller au nord-est, vers les belles forêts, intervint Talenthia.

— Si nous passons au vote, j'opte pour le sud, par l'océan. C'est beaucoup moins éreintant, ajouta Andoralson, à l'arrière du groupe.

Gamaliel, quant à lui, était certain qu'ils chevaucheraient plein nord avant longtemps.

Les trois derniers jours s'étaient passés à de semblables disputes. Tout y avait été prétexte : les vivres, la direction à prendre, les plans, les vêtements et le mode de locomotion. Les druides avaient dû acheter des chevaux. Les cinq amis criaient, hurlaient, riaient et se chamaillaient. On se froissait, on se vexait, mais l'aventure continuait.

Pour l'heure, ils chevauchaient vers un lieu connu d'Evaine seule. Talenthia était convaincue qu'ils couraient après des ombres. Ren était enclin à se fier à la sorcière. Mais ils conservaient un certain scepticisme.

Dans ce mélange explosif de personnalités, Gamaliel était la seule force tranquille. Quand les discussions s'envenimaient, la raison parlait par sa bouche, ramenant les autres au bon sens et à la mesure. Même s'il se rangeait invariablement à l'avis d'Evaine, tous suivaient son instinct infaillible.

Personne ne comprenait la nature de sa relation avec la sorcière. Manifestement, il l'adorait, et aurait sacrifié sa vie pour elle. Il restait un peu à l'écart du groupe, comme si quelque chose en lui n'attendait qu'une occasion d'exploser. Talenthia espérait qu'Evaine ne nourrissait aucune inclinaison romantique pour Ren.

Ren et Evaine continuèrent à se chicaner :

— Mon sortilège devrait localiser la Fontaine de Ténèbres, mais il est plus efficace en rase campagne, loin de l'agitation des villes. Je suis prête à travailler avec vous, mais je ne peux pas tout expliquer à chaque fois.

Avant que Ren ait eu le temps d'exposer son point de vue, Gamaliel bondit de cheval, épée tirée, et huma l'air, parfaitement immobile. Des prairies s'étendaient à perte de vue.

Andoralson lança plusieurs sorts de protection.

— Que se passe-t-il ? demanda Ren, dégainant son arme à son tour.

— Ecoutez ! ordonna Gamaliel.

Sous un ciel plombé, une légère brise venue de la Mer de Lune portait de lointains échos de chants et de cliquetis d'armes.

— Quelqu'un chante et se bat en même temps ?

plaisanta Talenthia.

— C'est un chant guerrier ! (Ren lança sa monture au galop.) Comme ceux des hommes de Tyr, quand ils sont sur le point de mourir au combat ! Vite, suivez-moi !

Talenthia l'imita ; Evaine et Gamaliel ne bougèrent pas d'un pouce.

— Eh bien ? s'enquit Andoralson. Vous avez entendu l'ordre de notre chef intrépide. Qu'est-ce qui vous arrête ?

— Je ne me précipite jamais dans une rixe les yeux fermés. Jamais. Si ce grand butor veut se jeter dans la gueule du loup, ça le regarde. Mais ce n'est pas mon style. Et toi ?

— Je l'accompagne, car il est chanceux. Mon dieu me l'a ordonné. Mais je fais aussi les choses à ma façon.

Sans rien ajouter, il s'élança à la suite des deux cavaliers, entouré bientôt d'une brume bleutée.

Avec un soupir de frustration, Evaine capitula :

— Gamaliel, nous n'avons pas le choix. Il faut suivre Ren si nous voulons retrouver la Fontaine.

— Tu n'aimes pas beaucoup le ranger, n'est-ce pas, maîtresse ? remarqua le familier.

— Non, ce n'est pas la question. Je lui ai fait tout de suite confiance. Mais il me rappelle trop un hérisson. Cet homme n'a aucune logique ; c'est une boule de nerfs. Je ne comprends pas ce genre de personnage. Espérons qu'il ne nous fourrera pas dans une situation impossible.

Approchant d'une clairière, le fracas d'un combat leur parvint avec plus de netteté. Des pierres tombales brisées jonchaient le sol ; les ruines d'un antique temple se dressaient au nord du cimetière. Cinq mausolées, véritables anges de pierre, veillaient sur les lieux.

La bataille était un horrible spectacle. Un guerrier

de haute taille, armé de pied en cap, se campait devant le plus grand mausolée, dont la porte avait été arrachée. Des morts-vivants jaillis de leur sépulcre le cernaient.

Ren et Talenthia tenaient bon au milieu de la mêlée, repoussant des squelettes lourdement armés. Andoralson luttait contre des guerriers zombis, dont la peau et les habits étaient en lambeaux.

Le gigantesque chevalier chantait des louanges à son dieu. Evaine eut l'intuition qu'il s'agissait d'un paladin, éternellement dévoué à la cause du Bien ; son style de combat avait quelque chose de curieux qui la mit mal à l'aise, sans qu'elle sache pourquoi.

La sorcière descendit de cheval, et le lâcha dans les bois. Gamaliel fit de même. Evaine ne lançait jamais de sort juchée sur une bête. Le moindre faux mouvement risquait de fausser le sortilège, ou de le dévier sur un camarade.

Elle décida d'une intervention qui inverserait le cours du combat sans mettre la vie de ses amis en danger.

— Gamaliel, va te faufiler près d'eux et tiens ces monstres en respect.

— Maîtresse, j'espère que tes amis valent nos efforts... mais je ferai selon tes désirs.

Evaine eut un sombre sourire ; son attitude l'amusait. Mais l'heure était à l'action, non à la réflexion.

Jaugeant la situation, Ren décida de voler au secours du chevalier. Filou atterrit au milieu d'un essaim de squelettes ; Ren en décapita plusieurs à la volée, au cri de :

— Besoin d'aide, guerrier ?

Revêtu d'une cotte de mailles finement ouvragée, de gantelets brillants et d'un casque aux vertus magiques, le chevalier chanta sa réponse :

Librement offerte, joyeusement acceptée,
L'aide d'un guerrier vaillant,
Rend le combat du chevalier
Moins éreintant.

Lors des combats livrés sur les remparts de Phlan, Ren avait entendu de semblables mélopées sur les lèvres des prêtres-guerriers de Tyr. Ces ballades composées en pleine bataille représentaient leur dernière chance de chanter les louanges de leur dieu. De telles litanies s'entendaient lorsqu'un adorateur de Tyr croyait sa dernière heure venue. La situation présente paraissait bien désespérée.

Talenthia invoqua des éclairs qui détruisirent plusieurs créatures d'outre-tombe. Mais cela n'endigua pas le flot monstrueux qui se déversait sur eux.

— Fuyez ! s'écria Andoralson.

Se ruant à corps perdu dans la cohue, il jeta une poignée de poussière à terre. Un voile d'un pourpre bleuté s'éleva et roula par vagues successives jusqu'aux morts-vivants. L'herbe se tordit en tentacules qui capturèrent les zombies et les plaquèrent au sol. Leurs cadavres décomposés furent réduits en cendres.

— Fuyez ! tonna à son tour Gamaliel, coupant un zombi en deux d'un coup d'épée.

Evaine lança deux éclairs qui laissèrent une traînée mortelle dans la masse grouillante.

Mais trop d'ennemis jaillissaient du sol. Il ne s'agissait plus de zombies ou de squelettes, mais de hideuses créatures des ombres : des âmes en peine aux yeux rouges luisants et des spectres fantomatique vinrent se joindre à la bataille.

Le cimetière se teinta de traînées vertes et d'étincelles bleues : Evaine et Andoralson faisaient assaut de sortilèges contre les monstres. Les uns après les autres, ceux-ci tombaient, anéantis.

Les deux enchanteurs concentrèrent leurs efforts. Les âmes en peine et les spectres étaient les plus dangereux. Il fallait réagir très vite pour éliminer la menace. Ren s'élança sur les monticules d'os pour rejoindre le guerrier :

— Fuis, chevalier !

De nouveau, l'inconnu lui répondit par deux versets martiaux :

J'attends la venue, j'attends l'arrivée
De celui qui est vieux d'un millier d'années.
Alors la bataille sera achevée.

A ce refus, la frustration de Ren se mua en horreur ; une voix sourde, vibrante, tonna soudain :

— Alors n'attends plus, espèce de fou chantant ! (Une brume noire se développa à la lisière de la clairière.) Toi et moi allons achever ce que nous avons commencé, Miltiades. Cette fois, *je* vais gagner.

La brume se redistribua pour former la silhouette d'un guerrier spectral juché sur un cheval d'ébène. Chose impossible, la bête laboura le sol de ses sabots éthérés. D'énormes mottes de terre voletèrent. Le fantôme, d'apparence vaguement humaine, tira un sabre d'une longueur extraordinaire. Des étincelles couleur jais dansèrent sur son tranchant, avide de verser le sang.

Les monstres se tournèrent comme un seul homme vers le nouveau venu et s'inclinèrent avec respect. Tirant avantage du court répit, les druides foncèrent sur l'ennemi, abattant trois ou quatre monstres à chaque pas.

Evaine et Gamaliel étaient les plus proches du spectre. L'être irradiait le Mal. La sorcière invoqua de multiples champs de protection.

— Miltiades, gronda le fantôme de sa voix gutturale, luttons-nous seul à seul, paladin, ou dois-je charger mon armée d'abattre les tiens ?

— C'est toi contre moi, l'ancien. Les vivants ne s'en mêleront pas.

Le ranger donna son accord :

— Qu'il en soit ainsi, paladin.

Mais il continua de tailler la horde de squelettes en pièces de son épée magique, secondé par les sabots ferrés d'acier de Filou.

Gamaliel l'imita ; Evaine lança des projectiles magiques. Des torrents d'étincelles vertes jaillirent de ses doigts tendus, exterminant une douzaine d'ennemis. Les créatures agenouillées semblaient indifférentes à leur sort.

Le mystérieux Miltiades affronta le fantôme. Il ne chantait plus.

Le bouclier du chevalier s'embrasa ; le symbole de Tyr s'auréola d'or. Son marteau de guerre vibra, le baignant de volutes bleues. Il tenait d'un seul bras une énorme épée que la plupart des hommes auraient été obligés d'empoigner à deux mains. La lame était couverte de runes.

Le fantôme attendait sur son cheval d'ébène, sa lame ruisselante de flammes noires.

Le chevalier de Tyr porta la première estocade. Dans une gerbe d'étincelles bleues, il sectionna les antérieurs de la monture infernale. Le cavalier noir, propulsé à terre, se rétablit vivement. Le cheval disparut dans un cri de douleur.

— Voilà qui nous met à égalité, Zarl !

— Bien que tu sois un paladin, tu n'as jamais rien eu d'un combattant honorable, Miltiades. Finissons-en.

Les lames s'entrechoquèrent violemment au rythme des offensives et des parades. Les deux adversaires étaient de force égale. Aucun ne porta de coup décisif avant de longues minutes.

Les témoins de ce fantastique duel perdirent vite tout intérêt pour la masse des morts-vivants, tombés dans une étrange apathie. Ils n'eurent plus grand mal à les exterminer ; ne resta bientôt sur les lieux que des os et des amas de chairs desséchées. Les aventuriers n'avaient jamais assisté à pareille confrontation. La sorcière et son familier lévitèrent sur le toit d'un mausolée pour avoir une meilleure vue.

Chaque fois que la lame noire faisait mouche, des flammèches d'obsidienne bondissaient sur le paladin pour le mettre à mal, ou s'écrasaient au sol en sifflant. L'herbe se flétrissait à vue d'œil ; la terre se réduisait en poussière.

Les duellistes jetèrent toutes leurs forces dans la bataille. Remarquablement habiles, ils ne faisaient pourtant pas assaut de finesse. Chacun voulait la mort de l'autre et redoublait de furie.

Dépourvu des entraves d'un corps physique, le fantôme avait pour atout la vitesse pure. Son épée embrasée touchait trop souvent l'adversaire, même si les coups étaient comme amortis par la brume bleue qui protégeait le paladin. L'enveloppe immatérielle s'amincissait. Les flammes devaient dévorer l'énergie protectrice du casque enchanté.

— Il va perdre ! Je vais lancer..., commença Evaine.

— Non ! s'écria Ren, attrapant la jeune femme par une de ses chevilles qui pendaient du rebord du toit.

Plus vif encore, Gamaliel bondit à terre, et saisit Ren à la gorge :

— Tu ne dois jamais la toucher, tu entends ? Jamais !

Evaine se laissa tomber au sol à son tour, et tira son familier en arrière :

— N'attaque pas Ren !

Se rendant compte de ce qu'il avait fait, le barbare

122

lâcha prise. Le ranger aspira avidement de l'air.

— Si nous ne faisons rien, le paladin va mourir, insista-t-elle.

Foudroyant Gamaliel du regard, Ren remarqua pour la première fois la teinte mordorée de ses étranges pupilles. Mais la rage oblitéra cette révélation.

— C'est une affaire d'honneur ! cracha-t-il de ses cordes vocales malmenées. Quoi qu'il arrive, ne vous en mêlez pas. C'est une affaire d'honneur.

Le duel redoubla de fureur. Le paladin perdait, il le savait. Il n'était pas assez rapide. Désespéré, il jeta son bouclier et empoigna son épée à deux mains.

Hurlant de joie, le fantôme voulut fendre le bouclier. Les flammes noires entrèrent violemment en contact avec l'objet divin. Mais les deux parties du bouclier, fendu en deux, s'attachèrent à la lame. Le visage vaporeux du spectre trahit sa surprise et sa rage. Le paladin frappa.

Le seul signe de l'anéantissement du revenant fut un sourd : « Non, pas déjà... ».

L'esprit guerrier se réduisit à une fine volute noire et se volatilisa.

Tombé à genoux, le vainqueur du duel agrippa les restes de son bouclier. Au lieu de crier d'allégresse, il murmura, anéanti :

— Qu'ai-je fait ? Qu'ai-je fait avec le don de Tyr ? J'aurais dû savoir que Zarl allait s'en prendre au bouclier !

— Que serait-il arrivé si tu ne l'avais pas jeté ? demanda Ren, venu près de lui.

Le paladin releva la tête et examina les cinq inconnus :

— Après ma destruction, Zarl n'aurait fait qu'une bouchée de vous. Il aurait utilisé ses pouvoirs maléfiques pour lever une armée de morts-vivants et balayer le continent. Son but aurait été d'exterminer toute chose vivante en Féérune, même s'il eût fallu mille ans pour cela. De son vivant, il était diabolique et destructeur. La mort ne l'a pas changé.

Andoralson exprima la compassion qu'il ressentait :

— Tyr estimera qu'une relique magique vaut bien des millions de vies humaines. Tu ne crois pas ?

Talenthia aida le paladin à se relever :

— Retire ton armure et laisse-moi soigner tes blessures. Je serais heureuse de te guérir, si tu m'y autorises.

Il se releva, repoussant doucement la druidesse :

— En tout honneur, je dois d'abord vous conter mon histoire. Quand je retirerai mon casque, me promettez-vous d'écouter mon récit jusqu'au bout ?

Ils acquiescèrent sans mot dire, surpris par l'étrange requête. Jetant un coup d'œil à la lame noire qui pulsait à terre, Ren se demanda quelle fantastique histoire était celle du chevalier.

Miltiades ôta son casque. Les cinq amis hoquetèrent de surprise et d'horreur. Le crâne d'un mort-vivant leur renvoyait leurs regards !

— Je suis un paladin de Tyr. Je suis mort il y a mille ans. Ecoutez-moi avant de songer à m'anéantir.

La supplique était difficile à ignorer. Le chevalier tourna d'instinct vers Ren son visage parcheminé aux orbites vides ; les autres se rangeraient à son avis.

Ren s'assit sur l'herbe et conseilla à ses amis d'en faire autant.

— Je n'ai jamais entendu parler de paladins revenus d'entre les morts pour servir leur dieu, commença-t-il.

— Je comprends votre scepticisme, et je vous remercie de me donner cette chance. De mon vivant,

124

je servais Tyr loyalement et sans réserve. Je combattais les ennemis de notre foi partout en Féérune. En raison de mes succès, mes frères me confièrent le Bouclier Sacré de Tyr, mon marteau de guerre magique, et cette épée runique.

« La contrée était fort différente, il y a mille ans. Une cité se dressait à quelques lieues au nord. J'étais son champion. Cinquante ans durant, j'eus l'honneur de garder ses portes. Si Turell connut beaucoup d'époques troublées, elle en sortit toujours victorieuse.

« Les citoyens adoraient Tyr. Mais l'année précédant ma mort, une horde menée par le terrible sorcier Zarl assiégea notre cité. Nous résistâmes pendant près d'un an. Semaine après semaine, devant les remparts je défiais et tuais les meilleurs guerriers ennemis. Zarl refusait de m'affronter.

« L'épuisement et la famine finirent par menacer assiégeants comme assiégés. Je décidai de me faufiler une nuit dans le camp ennemi, et là, comme un lâche, je tuai le chef, Zarl, dans son sommeil. Mais ses hommes m'exécutèrent. Ils m'enterrèrent ici et montèrent de nouveau à l'assaut, victorieusement cette fois. La ville fut rasée. Turell fut rayée de la surface de la terre.

« L'armée rapatria la dépouille de Zarl, mais son esprit resta attaché à cette terre, près de moi. En raison de mon acte peu honorable, Tyr refusa de m'accorder le repos éternel réservé aux héros tombés au champ d'honneur. Je fus maudit. Durant mille ans, mon esprit a erré sur ces landes, guettant le jour où Tyr m'appellerait pour une nouvelle mission.

« Il y a quelques jours, sa lumière divine m'est apparue. Le pouvoir de Baine a réveillé les morts. Près de la Mer de Lune, d'horribles légions d'outre-tombe font surface - je le sens. J'ai assisté à la disparition brutale de Phlan. Tyr m'a réveillé pour que j'aide à l'arracher aux forces du Mal. Si je rachète mes fautes, le dieu m'accordera la paix éternelle. »

Les cinq amis gardèrent le silence, émus par l'histoire du chevalier. Puis Andoralson demanda :

— Ta quête est-elle vraiment liée au sort de Phlan ?

Le guerrier répondit avec la fierté d'un homme qui s'est vu confier une mission sacrée :

— Oui, Tyr m'a chargé d'affronter les suppôts de Baine et de leur arracher cette ville. Si je dois continuer seul, je suis prêt à le faire.

Evaine, Ren et les autres échangèrent des regards interrogateurs. Puis Ren prit la parole :

— Noble guerrier, nous sommes tous là pour des raisons différentes, mais notre cause est commune : retrouver Phlan. Des amis qui me sont chers ont disparu avec la cité. Talenthia et Andoralson ont reçu ordre de leur dieu Sylvanus de joindre leurs forces aux miennes. Evaine recherche la Fontaine de Ténèbres. Elle veut la détruire parce que...

A cet instant, le ranger se rendit compte qu'il ignorait les motivations de la sorcière.

Evaine croisa son regard, les joues empourprées d'une émotion inconnue. Elle parla d'une voix ferme, mais tendue :

— Disons simplement que j'ai mes raisons. Je préfère ne pas en parler. Vous savez maintenant que ma résolution et ma loyauté sont sans failles.

C'était la première fois que l'enchanteresse, si logique, faisait montre de tant d'émotivité.

— Je pense parler en notre nom à tous en t'accueillant dans notre groupe, Miltiades, dit Ren. J'aimerais que tu te joignes à nous.

— Pas si vite, ranger, l'interrompit Evaine, dont le scepticisme avait repris le dessus. Sans vouloir t'of-

126

fenser, paladin, tu dois comprendre notre méfiance. (Elle se tourna vers les druides :) Je sais grâce à la magie qu'il ne nous a pas menti jusqu'ici. Mais nous devons en avoir le cœur net. Andoralson, peux-tu nous dire si ce paladin est encore loyal et si sa foi est pure ?

— Facilement, sorcière, sourit-il. (Il murmura des paroles sibyllines. Miltiades fut auréolé d'or.) Il est toujours dévoué à son dieu, mais il n'a pas les pouvoirs habituels d'un paladin. C'est une sorte de guerrier spectral, à présent.

« En toute logique, tu risques de nous gêner chaque fois que nous rencontrerons des vivants, ceci soit dit sans t'offenser. Mais notre mission est primordiale. »

Evaine fit mine d'aller chercher les montures dans les bois.

— Un instant, ma dame, l'arrêta Andoralson. Nul ne saura que notre nouvel ami n'est pas le noble paladin qu'il semble être.

D'un geste, le druide l'enveloppa d'une apparence trompeuse. Quand Miltiades ôta ses gantelets, des mains parfaitement formées apparurent. Son visage devint celui d'un noble seigneur, aux cheveux noirs ondulant.

— J'aime ton style, cousin, observa Talenthia. Tes illusions abusent tout le monde. (Elle se tourna vers Miltiades :) Mais si notre alliance s'avérait néfaste, nous serions forcés de reconsidérer la situation. Tu dois le comprendre, paladin.

— Tout à fait, magicienne. J'apprécie votre circonspection et je ne vous causerai aucun embarras. Vous serez au contraire ravis de me compter dans vos rangs. Je dois retourner à mon sépulcre chercher des éléments utiles à notre quête.

Les cinq compagnons le suivirent.

La crypte possédait deux cavités ; l'entrée comportait un brasero d'argent sphérique où brûlait une belle flamme dorée. De la taille du bouclier, il était couvert de runes.

Evaine poussa un cri de surprise : elle avait entendu parler de braseros ayant le pouvoir d'intensifier la puissance d'un sort. Miltiades sut immédiatement à quoi elle pensait.

— L'armée ennemie l'a découvert en construisant mon mausolée. Tyr désirait que ma dépouille reste presque intacte pour une quête future. Ainsi, il donna ses instructions au moyen d'une illusion, et força l'adversaire à m'enterrer sans me brûler, comme l'aurait voulu la coutume. Je crois que ce brasero peut renforcer tes sortilèges, Evaine.

« Remarque la petite capsule de platine attachée par une chaînette : placée au-dessus de la flamme, elle la mouche temporairement, ce qui permet de l'emporter avec soi. Mais elle ne se rallumera qu'un nombre limité de fois. Combien ? Nul ne le sait. (Il s'inclina devant elle.) Je te permets de l'utiliser, si tu promets de rapporter l'objet sacré au temple de Tyr une fois notre mission achevée. »

— Voilà exactement ce dont nous avons besoin ! s'écria-t-elle, ravie. Cela va augmenter nos chances ! Demain, je serai prête. Miltiades, c'est un cadeau somptueux. Remercie Tyr pour nous. Sois assuré que le brasero est entre de bonnes mains. Et tu as ma parole.

Gamaliel lui tendit un fin mouchoir de soie verte dans lequel l'objet disparut comme par enchantement. Evaine l'attacha à une petite besace pendant à sa ceinture.

Souriant, Miltiades les conduisit à la seconde cavité pour leur remettre d'autres objets.

— Nos ennemis possédaient un curieux sens de l'honneur. Du fait que j'avais vaincu Zarl, ils m'inhumèrent avec des biens précieux. (Il se mit à fouiller l'amoncellement hétéroclite, tendant diverses choses à ses compagnons.) Andoralson, prends ce bouclier de chêne, je te prie. Ses propriétés sont remarquables. Ni les rocs, ni les flèches, ni les charges enflammées de catapultes ne t'atteindront tant que tu t'en protégeras.

« Talenthia, à toi ce calice de guérison. Il s'adapte à n'importe quelle monture et pèse moins qu'une plume : il protégera ta bête des attaques surnaturelles.

« Pour toi, Evaine, cet anneau : il te permettra de voir les créatures invisibles dissimulées dans les ténèbres ou occultées par magie.

« Pour toi, le fringant Gamaliel, un anneau qui t'immunisera contre les poisons, gazeux ou liquides, qu'ils soient dans ta nourriture, ou à la pointe d'une flèche. »

Miltiades eut l'air content de lui. Le groupe admira ses présents, et murmura des remerciements.

— Allons, ne me remerciez pas. C'est Tyr qui vous remet ces présents par mon intermédiaire. Il veillera sur nous. En route maintenant.

Dehors, le jour diminuait. Le barbare proposa de camper pour la nuit. Personne ne souhaitait dormir dans le cimetière. De plus, Evaine devait être loin des influences maléfiques pour que son sort de détection réussisse. Gamaliel disparut en trois foulées.

— C'est un excellent pisteur, et un coureur hors pair. Il aura sûrement trouvé de quoi manger quand nous arriverons.

Talenthia fronça les sourcils, pensant que c'étaient là pures rodomontades. Andoralson et Ren turent aussi leurs doutes.

— Miltiades, que devrions-nous faire de cette épée noire ? continua Evaine.

— La lame devrait certainement être cachée ; le

meilleur endroit est ma tombe.

La sorcière prononça une formule magique ; une vapeur couleur jade se dégagea de ses mains, enveloppa l'épée de feu et la souleva du sol. Puis elle la porta jusqu'au tombeau...

— Il y a autre chose que nous devrions faire pour la rendre inaccessible ?

Aidé des hommes, Miltiades referma les lourdes portes de la crypte.

Gamaliel surgit soudain et annonça :

— J'ai trouvé où camper. Suivez-moi.

Rassemblant les chevaux, ils lui emboîtèrent le pas jusqu'à une clairière. Le frais babillage d'un ruisseau remplissait l'air. Deux lièvres attendaient d'être rôtis.

— *Je peux faire autre chose* ? demanda-t-il silencieusement à sa maîtresse.

Elle secoua la tête, ravie. Abasourdis, les autres n'osèrent pas lui demander ce qui l'amusait tant.

— Si Miltiades est du voyage, il va lui falloir un cheval, remarqua Ren. Evaine, aurais-tu cela dans ton sac à malices ?

— Inutile, ranger, objecta le chevalier. J'ai déjà une monture.

Il sortit une sculpture d'ivoire miniature, qu'il posa à terre. Un mot de sa part et un étalon complètement harnaché surgit du néant dans un éclair aveuglant. Satisfait, il le retransforma en statuette.

Après dîner, Evaine protégea leur camp avec un nouveau champ de force. Ren proposa de monter la garde, mais Miltiades, qui ne dormait jamais, s'en chargerait. La sorcière expliqua ce qu'elle ferait le lendemain, et donna ses instructions :

— Il s'agit d'un des sortilèges les plus dangereux. Vous, vous ne risquez rien, mais cela peut me rendre folle ou me tuer. Si aucune créature n'approche cette nuit, le champ de force sera toujours en place demain matin. Ne sortez surtout pas de ce périmètre, ou vous serez réduits en cendres avant de comprendre ce qui vous arrive. J'ai besoin de cette protection contre les monstres.

« D'ordinaire, je dois allumer un feu et le purifier. Le brasero m'évitera cette phase de l'opération. Une fois le processus enclenché, il ne faut me déranger *sous aucun prétexte*. Si vous marchez ou si vous parlez, ce sera un désastre, vous pouvez en être sûrs. J'aurai les yeux rivés sur un cristal : mon corps et mon cerveau seront physiquement là, mais pas mon *œil mental*. Même si vous me croyez en danger, n'intervenez pas. Suivez à la lettre les ordres de Gamaliel. (Tous hochèrent la tête.) A la fin du sortilège, le cristal explosera sans me blesser. Respectez alors les instructions de mon ami. Ma vie en dépendra. Ensuite, je resterai inconsciente la journée entière. M'entraîner sur les routes nous mettra tous en danger. Vous devrez me laisser reprendre des forces. Des questions ? »

— Peux-tu mettre ces instructions par écrit pour que j'essaie un jour ? lança Andoralson, sarcastique.

Evaine le foudroya de son regard émeraude :

— Si tu essayais, druide, tu passerais le restant de tes jours dans le coma, ou définitivement fou. Tu serais la proie de visions de cauchemars si horribles que tu hurlerais pendant des heures, et mourrais mille fois en imagination. Et tu ne pourrais même pas supplier qu'on mette fin à tes tourments.

Andoralson eut l'air penaud.

— Ren, poursuivit-elle, j'aurai besoin de ton aide : concentre-toi sur la Fontaine. Cela m'aidera à la localiser. (Son acquiescement la soulagea.) Je sais que je peux compter sur toi.

Quelques heures plus tard, ils dormaient paisiblement.

Gamaliel réveilla son amie peu avant l'aube.

Le brasero en place, elle passa une heure à méditer. Une fois prête, elle fit signe à son familier de réveiller les autres. Le ranger se plaça près de la flamme mystique.

L'esprit de nouveau libre, la sorcière survola les hauts conifères, tandis qu'une pâle brume verte nimbait son corps immobile... Après ce qui parut des heures, le cristal explosa. Gamaliel bondit à son côté ; Evaine respirait mal, glacée de sueur. Le familier rassembla la poudre cristalline et aida sa maîtresse à s'allonger.

Talenthia murmura au barbare :

— Est-ce qu'elle va bien ? Puis-je l'aider ?

— Elle va bien. Nous en saurons plus quand elle se réveillera. Vous pouvez faire ce que vous voulez, ça ne la dérangera plus.

Il s'installa près d'elle. Vers minuit, l'enchanteresse revint à elle, heureuse de trouver Gamaliel à son côté.

— Je me sens forte, dit-elle. Le brasero magique m'a bien aidée. Et la présence de Ren m'a permis de me concentrer plus vite sur la Fontaine.

Même en chuchotant, elle réveilla Talenthia et Ren, puis Andoralson. Les amis se rapprochèrent du feu que Gamaliel ravivait pour chauffer une décoction d'herbes revigorantes. Dans l'air nocturne glacial, la chaleur du foyer était la bienvenue. Evaine savoura le breuvage. Ses compagnons n'osaient pas poser de questions.

— Je sais que vous êtes tous impatients d'en savoir plus, commença-t-elle, mais je vous avertis que l'avenir est très sombre.

— Merveilleux, marmonna Andoralson.

— Tandis que j'étais en apparence avec vous, vaguement consciente de mon environnement, mon esprit a déserté mon corps et a volé vers la Fontaine. Je fus obligée de me laisser happer par son pouvoir maléfique. C'est une des raisons pour lesquelles il est si dangereux. J'ai été attirée au sud-ouest, la région où vivait mon maître. C'est là que j'ai découvert une contrée d'une noirceur inimaginable. Comment a-t-on pu créer une zone maudite aussi étendue et aussi impénétrable ? La Fontaine de Ténèbres s'y trouve. Il m'était impossible de m'y risquer, car je voulais revenir parmi vous... En survolant les abords, j'ai découvert une autre zone noire, toute petite. Cela m'a donné une idée. Un *ami* de mon mentor y vivait ; Sebastien en parlait souvent, même si je ne l'ai jamais rencontré. Ils se détestaient cordialement, mais chacun respectait les compétences de l'autre.

« J'estime qu'il serait judicieux de chercher à contacter cet homme. Il n'appréciera sûrement pas les étrangers, mais il m'écoutera. Peut-être nous aidera-t-il. En tout cas, il se trouve sur notre chemin. »

— Je crois que nous avons tous des réserves sur cette mission. Affronter un être maléfique ne me plaît pas plus qu'à vous, commenta Ren. (Tous hochèrent la tête.) Mais nous n'avons pas le choix. Retournons nous coucher. Nous en reparlerons au matin.

Miltiades sourit en reprenant sa garde. Le groupe s'était approché du feu de camp.

CHAPITRE XI

SINISTRES POURPARLERS

Dans la tour de Denlor, l'atmosphère s'échauffait.

— Tu peux bouder, tu peux même porter le déshabillé ravageur que tu revêts chaque fois que tu désires quelque chose, mais tu ne participeras pas à ce raid !

— Tarl, je ne me rendrai pas au Conseil tant que nous n'aurons pas résolu le problème.

— Bien. Tu peux rester là jusqu'à ce que Phlan soit ramenée près de la Mer de Lune. Je vais parler aux conseillers.

Furieuse, elle suivit son époux.

Peu de citadins circulaient. Ils étaient postés sur les remparts, ou occupés à réunir des vivres. Voir deux figures importantes de la cité en pleine algarade, mari et femme qui plus est, ne manqua pas d'amuser les rares témoins de la scène.

La femme, de haute taille et à la belle allure athlétique, se tordait les mains en suppliant son époux de ne pas partir livrer bataille sans elle. Armé de pied en cap, le prêtre-guerrier de Tyr tâchait de la ras-

134

surer.

En fait, Tarl commençait à perdre patience :

— Nous combattons ces horreurs depuis un mois maintenant, sans espoir de délivrance. Mon seul désir est de te garder en sécurité.

— Crois-tu que ce ne soit pas ce que je désire aussi ? Le Marteau de Tyr va-t-il te conserver éternellement en vie ? Là où tu iras, j'irai. Et tu ne peux pas m'en empêcher.

Tarl la regarda, plein d'un dépit mêlé d'admiration. Vaincu, il se remit en route. Dieux qu'il aimait cette femme...

Le premier conseiller Kroegel les accueillit :

— Heureux que vous puissiez assister à cette réunion. En ces temps troublés, il est bon de compter sur les loyaux défenseurs de Phlan.

Depuis un siècle, le septième et le dixième conseillers - en l'occurrence Wahl et Anton -, étaient choisis parmi les prêtres de Tyr. Tarl avait refusé le poste. Les devoirs administratifs n'attiraient pas son âme éprise de liberté. Wahl était un excellent conseiller, dont les vues correspondaient à celles du champion de Tyr.

La cinquième conseillère, Bordish, prit la parole :

— Nous vous avons appelé pour discuter d'une trêve éventuelle.

— Nous sommes là pour décider d'une offensive, pas pour parler de paix avec l'ennemi ! répliqua Tarl, nerveux. Comment pouvez-vous y penser ? Nous sommes l'objet d'attaques répétées, nos foyers ont été transportés les dieux savent où ! Nous ne sommes pas en mesure de parlementer !

— Assieds-toi, Tarl, dit Wahl. Cela fait deux jours que je fais part au Conseil des mêmes inquiétudes. Mes confrères désirent envoyer un corps plénipotentiaire, et je veux que tu le commandes. Avec toi à leur tête, nos envoyés auront une chance d'en réchapper si les choses tournent mal.

— Très bien, je commanderai le groupe. Je veux Thorvid de Porter, Alaric le Blanc et Pomanz pour m'accompagner. J'entends aussi qu'on consigne par écrit mes protestations. Cette tentative est vouée à l'échec.

— Tes craintes sont enregistrées, railla la quatrième conseillère, Eldred. Tes compagnons d'élection sont des chevaliers. Tu comptes parler de paix avec des guerriers comme diplomates ?

— C'est moi qui m'adresserai à l'ennemi. Ces hommes sauront riposter en cas d'attaque. Nous partirons dans l'heure. Que les chevaliers sélectionnés me rejoignent aux Portes de la Mort.

Mari et femme retournèrent à la tour de Denlor.

— Shal, j'ai une mission plus importante pour toi : je suis certain de l'échec de cette tentative de négociations. J'ai besoin de toi pour sauver notre délégation quand nous serons attaqués.

L'humeur de la sorcière s'adoucit. Elle sourit :

— Je flairais anguille sous roche. J'apprécie l'idée d'arriver à votre rescousse, tel un ange de la vengeance.

Une heure plus tard, le groupe était prêt à sortir de la ville, bannière blanche au vent.

*
* *

Au-dessus de la gigantesque caverne, en haut de sa tour vermillon, le Sorcier Rouge bouillait de rage :

— Des drapeaux blancs ? Ils ne peuvent pas se rendre ! Je viens à peine de passer en revue les créatures de la forêt envoyées par une entité démoniaque, Moander ! Si Phlan se rend, je ne pourrai

136

pas abattre ses murailles. Qu'ils retournent à leur misérable cité et s'apprêtent à supporter les conséquences de mon courroux !

Le commandant mercenaire allait ressortir quand un cri l'arrêta :

— Stop, *Latenat* !

— Démon, coupa Marcus, parlant apparemment en l'air, ce n'est pas le moment de me contrarier ! Occupe-toi de la tour et je m'occuperai des affaires militaires.

Le mercenaire, qui n'avait pas bougé, se dit qu'aucune fortune ne serait suffisante pour le dédommager de ses ennuis.

— Marcus, reprit la voix désincarnée, on nous ordonne de remettre un maximum d'âmes de Phlan à la Fontaine. Crois-tu qu'en utilisant les arbres de Moander, quelques-unes de ces âmes pourraient disparaître dans la bataille ?

— Oui, une partie de la populace peut parfaitement périr au cours de l'assaut. Phlan sera détruite, ce qui conviendra à mes ambitions personnelles. C'est ce qui importe, après tout.

La salle du trône se remplit soudain de l'odeur du sang. Le mercenaire terrifié vit la lumière diminuer.

— Marcus, reprit la voix mielleuse, pourrais-tu renvoyer ton commandant ?

Le Sorcier Rouge s'exécuta sur-le-champ. Le guerrier de Baine sortit, soulagé.

Le démon se matérialisa dans un grand roulement de tonnerre.

— Maître, désires-tu toujours devenir un demi-dieu dans ce plan ?

— Bien sûr, imbécile, après tout ce que j'ai fait, je ne vais pas renoncer si près du but !

— Comment peux-tu t'attendre à ce que je te rende omnipotent ? Tu ne m'as concédé que deux misérables âmes !

— Qu'est-ce à dire, démon ? Exprime-toi, c'est un ordre !

— Le plus d'hommes tu massacreras, le moins d'âmes il nous restera. Penses-tu pouvoir les abuser grâce à la rouerie qui vous rend célèbres, vous les sorciers de Thay ? Laisse croire aux habitants qu'ils sont libres de repartir. Et conduis-les à la Fontaine de Ténèbres !

Une bave verdâtre dégoulina des crocs du monstre, tombant sur le sol rouge-or. Le poison acide s'évapora sans laisser de trace.

Marcus sourit. Pour garder le sol de la salle du trône immaculé, il avait conçu un système permettant d'annuler les effets corrosifs de la salive du démon. C'était le genre de petite victoire qui comptait, un jour ou l'autre.

— Oui, je peux berner ces imbéciles. Mais il serait plus amusant de vaincre Phlan avec mes nouvelles armées. Tu as malheureusement raison, mon démoniaque ami. Les âmes importent davantage pour notre futur. Voilà qui est réglé. Retourne dans tes appartements !

— Comme tu voudras, maître, grinça l'émissaire des crevasses en s'exécutant.

— Quelles créatures infantiles, ces démons ! soupira Marcus.

Puis il sortit.

L'érynie, qui avait tout entendu, s'étira langoureusement, et retourna se vautrer sur le trône, rêvant aux moyens d'assouvir ses élans « infantiles » avec les entrailles du Sorcier Rouge.

*
* *

138

— Quelle étrange forêt, mon seigneur. De plus, je ne me souviens pas en avoir remarqué une dans cette grotte.

Thorvid remit son épée au fourreau et empoigna une grande hache. Les quatre hommes traversaient à cheval une forêt aux arbres tourmentés.

Le Marteau de Tarl vibrait d'une luminosité azur.

— Mon vieil ami, Ren de la Lame, aurait pu nous dire ce qu'étaient ces arbres, les lianes et les moisissures qui les recouvrent. La puanteur qu'ils dégagent me rappelle l'odeur de pourriture des morts-vivants. Pomanz, ton père était forestier : as-tu jamais vu semblable chose ?

— Non, et je serai heureux quand nous aurons laissé cette forêt derrière nous, répondit-il, saisissant à son tour sa hache de combat. Il n'y a pas le moindre souffle d'air, et pourtant ces branches remuent...

Soudain, le Marteau sacré s'embrasa... Devant eux se tenait un Sorcier Rouge de Thay, en toge vermillon bordée d'or. Il transperça les intrus du regard.

— Bienvenue sur mes terres, nobles chevaliers, railla Marcus. A en juger par votre drapeau blanc, suis-je en droit de penser que vous venez me remettre les clefs de la ville ?

Les quatre guerriers mirent pied à terre.

— A qui ai-je l'honneur ? s'enquit Tarl, de son ton le plus civil.

— Je suis Marcus, Sorcier Rouge de Thay, et votre hôte. Je suis l'homme qui a transporté la ville ici. Etes-vous venus vous rendre ?

Les trois chevaliers laissèrent les négociations à Tarl et surveillèrent les alentours.

— Il est très courageux, Marcus, de nous rencontrer sans gardes. Nous sommes ici à la requête du Conseil de Phlan, pour parlementer.

— Je n'ai nul besoin de gardes contre ceux de votre espèce. Quant à parlementer, il n'en est pas question. Les habitants peuvent partir, en emportant les biens de leur choix. Dites-le au Conseil des Dix.

— Sans parler du fait que personne n'a le droit de voler une cité, où sommes-nous exactement ?

— Dans une grande caverne, sous ma tour, toujours en Féérune. Je vous offre généreusement la vie. Maintenant, partez.

Tarl retint sa colère avec peine.

— Avant de rapporter tes propos au Conseil, j'aimerais savoir comment partir d'ici. Et j'ai besoin de l'assurance que le peuple sera épargné.

— Mais bien sûr. Ce souhait est raisonnable. Suivez-moi.

Le sorcier s'éleva sur des nuées rougeâtres. Agrippant leurs armes, les parlementaires le suivirent en tâchant de maîtriser leurs chevaux.

La forêt fit place à une paroi rocheuse qui s'évanouit à son tour en volutes rouges, dévoilant un grand escalier en spirale.

— Toi seul, prêtre, es autorisé à me suivre. Renvoie tes sbires.

— Là où notre seigneur va, nous allons, déclara Pomanz.

Tarl était sur le point d'accepter, pour préserver la paix, mais le sorcier entra dans une colère noire :

— Sache, chevalier, que je suis Marcus, un mage aux pouvoirs fantastiques. Tu n'es *rien* comparé à moi. Ou tu obéis, ou je te détruis !

— Il n'y aura pas de combat. Nous sommes en mission diplomatique. Même les Sorciers Rouges de Thay doivent connaître les conventions de la guerre.

— Nous les connaissons ! Et voilà notre réponse !

Il réduisit en cendres le drapeau blanc.

— Tu vas trop loin, sorcier ! s'écria Tarl, brandissant son Marteau.

Un autre signe de la main et la terre trembla sous leurs pieds.

— Non, je ne fais que commencer ! répliqua le vassal de Baine. Vous pouvez aller à la Fontaine de Ténèbres ou affronter les horreurs aux mille épines qui peuplent la forêt. Il n'y a pas de reddition, pas de fuite. Mon démon a été stupide de croire que je pourrais obtenir quelque chose de vous. Adieu !

Le sorcier s'évapora dans une brume rouge.

Derrière eux, la forêt se tordit et se mit en mouvement. Chaque arbre se métamorphosa en une hideuse parodie d'humanité.

Devant eux, l'escalier, qui les mènerait dans la gueule de l'enfer. Derrière, les arbres monstrueux.

— Tarl !

Pomanz désigna un sentier étroit sur la droite, qui coupait à travers la forêt. Les compagnons lancèrent leurs montures au galop, longeant la paroi de la grotte.

Les arbres se rapprochèrent pour leur bloquer la route. Les chevaux lancé à bride abattue ne seraient pas assez rapides pour déjouer la manœuvre.

— C'est le moment, Shal ! hurla Tarl.

Dans la tour écarlate, le sorcier et son démon observaient les événements dans une boule de cristal.

— Regarde, jubila Marcus, ce marteau n'égratigne même pas l'écorce ! Moander a un talent fou pour corrompre les choses naturelles !

— Si seulement tu t'étais donné plus de mal pour les attirer dans l'escalier, *Latenat* ! s'écria le démon, dégoûté de ce nouvel échec.

— C'est bien mieux ainsi. Quand je serai reposé, d'ici quelques jours, je mènerai les arbres diaboliques à la bataille. Nous raserons les murs de Phlan une fois pour toutes ! Alors, la cité et sa moisson d'âmes seront nôtres.

Tandis que Marcus savourait son glorieux futur, Tanetal massait son front soucieux. Que ferait Baine quand tous leurs plans auraient échoué ? Il reporta son attention sur la scène qui se déroulait sous leurs yeux.

Réagissant à une injonction mentale, Tarl cria aux autres de retenir leur souffle jusqu'à ce que les brumes se dissipent. Un voile pourpre se matérialisa à l'orée du bois.

Un mur de glace et de neige s'abattit du ciel ; les arbres s'immobilisèrent. Des blocs entiers de champignons et de mousse se détachèrent des branches. Mais la glace se mua en vapeur et l'avance des arbres reprit.

Un point de lumière apparut au-dessus de la tête de Tarl. Il grandit jusqu'à atteindre la grosseur d'un casque, et suivit le chevalier dans tous ses gestes, irradiant une clarté surnaturelle.

La forêt recula à son approche. Les quatre cavaliers ne rencontrèrent plus d'obstacle à leur retraite. Ils galopèrent jusqu'aux remparts.

Le démon des crevasses abattit son poing sur la boule de cristal qui explosa en mille morceaux.

CHAPITRE XII

DES INDICES PERTURBANTS

— Gentils voyageurs, nous aimerions approcher !

Réveillé de bon matin, le groupe de Miltiades avait repéré l'arrivée d'étrangers bien avant qu'une voix les annonce.

Trois hommes juchés sur d'énormes loups surgirent du bois.

— Des visages amicaux sont les bienvenus, salua Ren, mais soyez prévenus que nous savons nous défendre.

Mettant pied à terre, le trio approcha. L'allure fière, les cheveux blancs, les trois hommes ne portaient pas d'armes. Plutôt curieux.

— Je suis Artur Bladeson, dit le plus grand. Ces jeunes chiots sont mes cousins, Wuldor et Donar Arcnos. Nous venons de Vaasa et nous rendons chez des parents, à Moortown. Rencontrerons-nous des problèmes en chemin ?

De l'autre côté du camp, les druides chuchotaient :

— Regarde comme les loups grondent contre Miltiades... Se pourrait-il qu'ils détectent quelque chose ?

— Non, mais ils doivent savoir qu'ils ont affaire à un mort-vivant, répondit Andoralson. Je devrais ajouter l'odeur à mon illusion. Tu as remarqué, je pense, qu'il ne s'agissait pas de vrais loups.

Evaine et le barbare s'interrogeaient eux aussi.

— *Maîtresse, ces étrangers n'ont pas l'odeur d'êtres humains. Et ces énormes bêtes n'attendent qu'un signe pour attaquer.*

— *Ren sent quelque chose de bizarre lui aussi. Ça se voit à sa posture : il est sur la défensive.*

— Je ne pense pas avoir jamais vu des loups servir de montures, remarqua Ren. Etes-vous des druides ?

Les trois étrangers eurent un rire étrange.

— Des druides ! s'esclaffa Donar. Sans vouloir offenser tes amis, des druides ne pourraient apprivoiser ces bêtes. Nous vivons avec elles, et elles font ce que nous leur ordonnons.

— Tes amis ne sont guère loquaces, remarqua Artur, réchauffant ses mains au coin du feu.

— Ils viennent de se réveiller. (Ren ajouta des bûches dans le feu, impatient de les voir repartir.) La route de Vaasa est dégagée. J'en viens. Phlan a subi la colère des dieux et a disparu. Seul un groupe de tentes subsiste à l'emplacement de la ville. Mais vous ne devriez avoir aucune difficulté à traverser. Que savez-vous de Château-Zhentil et de Yulash ?

— J'avais entendu parler de la disparition de Phlan, et je tenais cela pour une fantaisie... Vous paraissez tendus. Partageons notre repas, et soyons amis.

— Si vous vous dirigez au sud, intervint Wuldor, ne vous approchez pas de Château-Zhentil. Dans cette cité maudite des dieux, quelque chose s'est éveillé. Nous y avons perdu un frère. Des prêtres de

Baine nous ont attaqués sans raison.

Cela n'avait rien de surprenant.

— Il y a quelque chose d'étrange dans les forêts, au sud de Château-Zhentil, insista Wuldor. Un mal y sévit.

— Yulash, en revanche, ne connaît aucun problème, dit Donal, déchargeant des sacoches de vivres.

— *Tu vois de quel genre de viande il s'agit, Gam ?*

— *Je le sens. Attaquons-nous tout de suite ?*

Les yeux verts du barbare avaient viré à un mordoré profond.

— *Laisse-moi d'abord éloigner Ren. A mon signal, attaque les loups - je me charge des humains. On pourra peut-être en mettre un ou deux hors de combat avant qu'ils se métamorphosent.* (Elle s'adressa aux druides à hautevoix :) Talenthia, je crois que tu devrais préparer le calice pour nos nouveaux amis. Tu sais, celui qui produit un vin merveilleux... (Elle arma mentalement un sort.) Ren, peux-tu m'aider un instant ? Ce barbare maladroit a fait des nœuds dans les liens de de ma sacoche.

Perplexe, il approcha, dague en main.

Evaine contourna le foyer et donna le signal.

Dix-huit missiles jaillirent de ses doigts et percutèrent la poitrine d'Artur. Sans effet. Le camp se transforma instantanément en champ de bataille.

Sans hâte inutile, Artur et ses cousins se muèrent en loups-garous. En règle générale, leur métamorphose suffisait à terroriser leurs victimes.

Les trois loups gigantesques changèrent à leur tour de forme; il s'agissait d'humains-garous. Ils se jetèrent sur Evaine, qu'ils savaient la plus menaçante. La créature qui avait été Wuldor, maintenant haute de deux mètres et demi, s'opposa à Gamaliel.

Si l'épée du barbare ne lui infligeait que des

145

égratignures, les dagues enchantées du ranger mordirent profondément la chair.

Inquiète pour Ren, prise par ses préparatifs, Evaine ne vit pas venir l'attaque : elle fut projetée à terre.

Le hurlement de rage de Gamaliel dut s'entendre à des kilomètres à la ronde ; il reprit sa véritable forme de chat géant. Deux coups de pattes fulgurants frappèrent le monstre qui venait d'attaquer sa maîtresse. Il s'écroula, la colonne vertébrale brisée net.

Seules des lames d'argent ou ensorcelées pouvaient avoir raison des créatures. Miltiades recourut à la force brute. Le paladin d'outre-tombe chercha à étouffer Artur entre ses bras. Il lui tordit le cou.

Wuldor bondit sur Andoralson, mais ses griffes déchirèrent l'air... C'était une illusion. Deux cimeterres flamboyants se matérialisèrent entre les mains du druide et ils entaillèrent profondément la chair du monstre, cherchant le cœur.

Ren roula dans l'herbe, luttant à mort contre un des humains-garous. De son avant-bras protégé par la cotte de mailles, il tint les mâchoires de la bête éloignée, tout en la lardant de coups de dague de l'autre main. Le sang jaillit sur l'herbe. L'être voulut arracher le bras de l'humain.

Gamaliel enfonça ses griffes et ses crocs dans le corps qui avait été celui de Donar.

Andoralson utilisa de nouveau une illusion pour créer la vision de terreur la plus effroyable pour un humain-garou : sa victime mourut d'épouvante, sans se douter que les crocs qui le fouaillaient n'avaient jamais existé que dans son esprit.

Ren finit par atteindre un organe vital et rejeta la carcasse morte loin de lui.

Tous, Miltiades excepté, gisaient dans l'herbe, cherchant à reprendre leur souffle. Le paladin traîna les monstrueuses dépouilles à l'écart.

Près d'Evaine, un chat plus grand qu'un tigre adulte montait la garde. La sorcière avait une profonde entaille au front. Ren se dirigea vers elle en boitant. Le félin se mit à gronder, la queue battante.

— Ren, arrête ! s'écria Talenthia. Gamaliel est encore immergé dans l'ivresse de la bataille. Il ne te reconnaît pas ! Il est prêt à bondir sur tout ce qui bouge.

— Il faut la soigner !

— Je peux distraire Gamaliel le temps que vous vous occupiez d'elle, proposa Miltiades. Il ne devrait pas me faire grand mal.

— N'en sois pas si sûr, l'avertit Andoralson. S'il te broie les os, je doute que nous puissions te remettre sur pied. Talenthia et moi allons essayer de le calmer.

Mais le grand félin montra les crocs à leur approche. Les druides tentèrent tout ce qui était possible pour l'éloigner de la sorcière - en pure perte. Les cousins essayèrent des sortilèges de charme, d'amitié et de répulsion réservés aux animaux. Gamaliel continuait de gronder sourdement, sans bouger d'un pouce.

— Quelle étrange créature. Têtue en diable, mais par les dieux, que ce chat est beau ! Je vois pourquoi Evaine y est si attachée !

— Il est vraiment magnifique, admit Andoralson. Mais en ce moment, c'est une vraie peste.

Le chat leva le museau, empli de fierté.

— Il semble que l'hémorragie ait cessé, observa Ren, et la respiration de notre amie est redevenue normale. Elle se réveillera d'ici quelques heures. Miltiades et moi allons brûler ces créatures. Vous deux, fouillez leurs sacs. Si l'état d'Evaine empire, je délogerai ce chat d'une façon ou d'une autre. J'ai déjà eu affaire à ce genre de félins. (Gamaliel le foudroya du regard.) Hum, pas *exactement* ce genre...

Intrigué, Miltiades demanda :

— Qu'étaient au juste ces humains-garous ? Des loups qui se sont transformés en choses presque humaines ? J'ai déjà combattu des loups-garous, mais je ne connaissais pas cette espèce de monstres.

— Quand des loups-garous s'accouplent à des loups, ces créatures sont le résultat, expliqua Andoralson. Plus intelligents que des loups, ils sont doués d'une force physique considérable et assoiffés de sang, ils se battent toujours à mort.

« Ce qui m'a surpris, c'est que des humains-garous se soient laissés asservir par des loups-garous. J'ai toujours entendu dire que les deux espèces se détestaient. Peut-être que la montée du Mal sur nos terres n'est pas étrangère à ce curieux phénomène. »

Les heures passèrent. L'état d'Evaine restait stationnaire. Gamaliel veillait sur elle, et léchait ses plaies. Elle ne revint à elle qu'au soir, à l'heure du souper :

— *Oh ! Que m'arrive-t-il, Gam ? J'ai mal au crâne.*

— *Un humain-garou t'a attaquée par-derrière et t'a assommée. Tu es restée inconsciente des heures et j'ai empêché tout le monde d'approcher*, déclarat-il fièrement.

Elle ne put retenir un éclat de rire malgré ses douleurs, et vit tous les visages se tourner vers elle.

— Je vois que vous avez fait connaissance avec le *véritable* Gamaliel. Mon familier devrait redevenir plus docile maintenant. Talenthia, peux-tu m'aider ? J'ai des maux de tête atroces.

Tandis que la druidesse, d'abord hésitante, s'exécutait, Ren prit la parole :

— Je peux comprendre que tu ne nous aies rien dit sur la véritable nature de ton compagnon. A ta place, j'aurais fait de même. Mais cette bête, en nous empêchant d'approcher et de te soigner, aurait pu mettre tes jours en danger.

— Ça ne se reproduira pas. Que s'est-il passé ?

— Oh, pas grand-chose, répondit Talenthia. (D'un naturel toujours gai, la druidesse présenta l'affrontement sous un jour amusant :) Nous avons occis trois loups-garous et trois humains-garous. Je me suis assurée qu'aucun d'entre nous n'avait été frappé à son tour de lycanthropie, y compris le chat et toi.

— Comment les avez-vous percés à jour ? s'enquit Andoralson.

— Nous avions tous conscience que quelque chose clochait. La viande fraîche qu'ils ont mise à rôtir était *humaine*. Gamaliel l'a senti et m'a avertie mentalement. Je n'ai pas pu vous prévenir. Leur chef aurait dû tomber sous mes missiles magiques. Il devait être particulièrement puissant.

— Lui tordre le cou a été plus difficile que je l'aurais cru, nota Miltiades. Mais nous avons appris des choses intéressantes.

— Oh oui, tu vas adorer ce que nous avons découvert, fit Talenthia, sarcastique. Donne-lui le parchemin, Andoralson.

Il lui tendit un petit rouleau, scellé à la cire. Le cachet portait des runes magiques, qui conféraient le titre d'ambassadeur au porteur. Elle lut à haute voix :

Seigneurs et capitaines mercenaires qui liront ce texte, moi, seigneur Marcus, je vous salue.

Le porteur de ce document est un fidèle vassal de mon nouveau royaume. Il est habilité à lever des troupes en mon nom et à négocier avec les mercenaires qui songeraient à se battre pour moi.

Leurs récompenses seront considérables. A mon service, les batailles sont courtes et les butins colos-

saux. Pour rejoindre ma tour, il suffit de longer la côte de la Mer de Lune, en passant par l'emplacement de Montéloy.

Seigneur Marcus, Sorcier Rouge de Thay.

— J'ai rêvé d'une tour rouge avant mon arrivée à Phlan, dit Ren. La Fontaine de Ténèbres de Phlan aurait-elle un lien avec cet édifice ?

Evaine réfléchit.

— La vaste région plongée dans le noir était à l'ouest de Montéloy. Il est tout à fait possible que la tour en question s'y trouve, ainsi que la Fontaine. Mais cela n'explique pas la disparition de la cité. Continuons vers la zone plus réduite. Je suis certaine qu'elle nous fournira de précieux indices. De plus, sourit-elle, ma maison est en bordure de la Cour Elfique, à quelques jours de cheval au sud de Château-Zhentil. Nous nous y reposerons et discuterons de la marche à suivre. Je lancerai un nouveau sort de détection.

— Evaine, dit Ren, occupé à se délester de ses multiples dagues et épées, pourrais-tu demander à Gamaliel de se transformer en humain ? Je voudrais lui parler seul à seul.

Le familier s'exécuta instantanément. Si les regards qu'ils dardèrent l'un sur l'autre avaient été des poignards, tous deux seraient tombés raides morts.

Ils s'isolèrent dans les bois, après qu'Evaine eut prié mentalement son familier de rester poli.

— Ce Marcus semble vouloir lever une grande armée, songea la sorcière à haute voix.

— Oui, convint Andoralson. Même un millier d'hommes, dans le chaos actuel, suffiraient à bouleverser les données politiques. Les dieux seuls savent ce qui en résulterait.

— Miltiades, demanda Evaine, que ferais-tu d'un millier de soldats ?

150

Elle avait appris à respecter et à apprécier le paladin d'outre-tombe. Son intelligence et sa discipline l'attiraient.

— Avec un millier de bons guerriers, répondit-il, je serais à même de conquérir les dix cités de la Mer de Lune. Mais sans les véritables villes, celles que les dieux ont volées, ce ne serait que creuses victoires. Il me faudrait certainement davantage qu'un millier de pauvres hères déracinés...

« Ce Marcus est autre chose que ce qu'il semble. S'il avait été sincère, il n'aurait pas envoyé comme négociateurs des lycanthropes. Ou c'est un piètre tacticien, ou il ne possède que quelques escouades, pour des attaques-éclairs. »

La discussion se poursuivit. Andoralson prépara le repas. Une demi-heure plus tard, deux hommes couverts de coupures et de plaies revinrent au camp. Gamaliel avait deux yeux au beurre noir.

— Qu'est-ce que vous avez fait ? s'étrangla la sorcière.

— *J'ai été poli*, protesta Gamaliel, tout innocence.

— *Le ranger t'irrite, mais votre petite explication t'a fait du bien, n'est-ce pas ?*

— *Pas de quoi s'inquiéter, maîtresse. Il sait maintenant qu'on ne plaisante pas avec moi.*

— Disons, sourit Ren, que nous nous comprenons un peu mieux.

— *Ah, il s'imagine qu'il a gagné !* railla silencieusement le familier.

Le repas terminé, les cinq compagnons passèrent une autre nuit troublée par les cauchemars.

Ils chevauchèrent durant des jours, sous un ciel maussade, longeant les côtes de la Mer de Lune. Ils firent un grand détour aux environs de Château-Zhentil. Telle une araignée gorgée de sang, la sinistre ville fortifiée se nichait à l'ouest. Franchir le fleuve Tesh à gué ne présenta aucune difficulté.

Au-delà, une grand-route serpentait vers le sud. Evaine avait insisté pour l'emprunter, mais le malaise des druides s'accentua en chemin.

— Des pluies si torrentielles sont anormales. Le sol est détrempé, remarqua Andoralson. Regardez les fougères, la stramoine... Elles ne poussent pas dans ce type d'environnement. Quelque chose perturbe sérieusement l'équilibre naturel.

Ren partit en éclaireur. Evaine le rejoignit.

— Qu'est-ce qui te turlupine, Ren ? s'enquit-elle.

— Tu te sers de ta magie pour lire mes pensées, sorcière ? Pourquoi ne pas *me* dire ce que je pense ?

Elle passa outre sa rebuffade :

— Nous sommes partis du mauvais pied. Nous ne serons sans doute jamais des amis, mais tâchons d'être de loyaux compagnons. Tu es nerveux et ça se voit. Qu'y a-t-il ?

— Nous nous éloignons de la Mer de Lune et de la tour rouge, voilà ce qui ne va pas ! Chaque minute compte et mes amis sont peut-être à l'article de la mort ! C'est toi la sorcière et je respecte tes décisions quand il est question de magie. Voilà pourquoi nous allons au sud alors que tous mes instincts me crient de tourner bride.

— Les mêmes élans qui te poussent à plonger au cœur du Mal pour sauver tes amis me disent *à moi* d'être patiente, afin d'en savoir plus sur ce qui nous attend, répondit-elle calmement. Autrement dit, explorons d'abord l'aire de ténèbres la plus petite. Laisse-moi te conter une histoire qui illustre ce que je veux dire.

« Pour apprendre les arts occultes, je me suis mise au service d'un puissant mage, Sebastien, avec qui j'ai beaucoup appris. Un jour, après environ un an, mon jeune et doux mentor partit pour expérimenter un sort particulier. Il revint épuisé deux semaines plus tard ; ses cheveux bruns avaient blanchi. C'était un vieillard de soixante-dix ans. La vie ne fut plus jamais la même. Sa gentillesse ne se démentit pas, mais il refusa de me fournir la moindre explication. Tout ce qu'il m'apprit par la suite concernait de puissants sorts de défense. Trois ans plus tard, il mourut et je dus l'enterrer.

« Je n'ai jamais su le fin mot de l'histoire, mais je reste persuadée que la cause de son malheur se tapit dans ces ténèbres surnaturelles. Pour un guerrier, bien connaître son ennemi fait souvent la différence entre la victoire et la défaite. (Ren restait indécis.) Voici ce que je te propose : demain, nous serons chez moi. Encore deux jours, et nous aurons atteint la zone de ténèbres. Ensuite, quoi qu'il advienne, nous fonçons vers la tour rouge ; je te promets que Gamaliel et moi suivrons tes ordres à la lettre. Que te faut-il de plus ? »

— Ça me va, soupira Ren. A ce que je vois, tu es quelqu'un qui prépare soigneusement ses actions. Je ne peux pas dire que tes décisions, jusqu'ici, m'aient posé le moindre problème.

Ils échangèrent un sourire, plus à l'aise l'un avec l'autre. Ralentissant l'allure, ils attendirent que le reste du groupe les rejoigne. Silencieux, ils chevauchèrent jusqu'au crépuscule.

CHAPITRE XIII

LA TOUR DU MAL

Deux mois s'étaient écoulés depuis que le dernier rayon de soleil avait caressé la ville de Phlan. Seule Talenthia égayait encore de son babillage les aventuriers moroses et taciturnes.

— Oui, je sais, mes trésors. On va voir ce qu'on peut faire pour vous. Repartez à tire-d'aile et ne vous en faites plus, lança-t-elle gaiement aux vibrants nuages de moineaux, de geais et de rouges-gorges qui voletaient autour d'elle.

— N'est-ce pas le troisième vol d'oiseaux inquiets que nous croisons aujourd'hui, cousine ?

Andoralson avait un faible pour les serpents et les chats ; les oiseaux lui adressaient rarement leurs trilles. Talenthia était des plus bavardes avec eux, quand elle ne s'extasiait pas devant les araignées et les insectes.

— Oui, cher cousin, et ces pauvres chéris sont déboussolés. Ils chantent tous la même chanson : la forêt s'est transformée en quelque chose d'horrible et de maléfique. Les arbres et les plantes sont à

154

l'agonie. Qu'allons-nous faire, ranger ?

Ren fit halte pour répondre :

— Talenthia, je partage tes craintes. Mais - et je suis certain que c'est la volonté de Sylvanus -, nous ne devons pas perdre de vue notre objectif commun. Quand mes amis seront sauvés, je ferai tout ce qui est en mon pouvoir pour rétablir l'ordre naturel des choses. D'accord ?

— Pour l'instant, joli cœur. Qu'est-ce qui arrive à son altesse royale et à son copain le matou ? ajouta-t-elle, désignant la paire qui chevauchait en avant.

La druidesse se demandait encore si Evaine avait des vues sur Ren.

— Son castelet est en retrait de la route, expliqua-t-il. Les sorciers ont l'étrange manie de vivre à l'écart du commun des mortels.

— Je me serais établi ailleurs, grommela Andoral-son.

Ils rejoignirent Evaine et le chat.

Au grand dam de la sorcière, la petite demeure avait passablement souffert des intempéries et des saccages.

— D'après les traces, je dirais que c'est l'œuvre d'orcs, remarqua Ren.

Il entra le premier, au cas où des ennemis seraient embusqués. A son signal, le groupe pénétra dans ce qui subsistait de l'édifice. Dans le capharnaüm, Evaine lut une petite note laissée en évidence sur un piédestal :

A l'ancien propriétaire des lieux : mes troupes ont saccagé cette demeure sur mes ordres. Tu peux te joindre à mon armée, du côté de la Mer de Lune, ou mourir. Sache que d'immenses récompenses attendent ceux qui me servent. Aucun sorcier qui n'est pas à mon service ne sera autorisé à vivre sur mes terres.

Seigneur Marcus.

— Le culot de cet homme ! ragea l'enchanteresse. Très bien..., (Son ton se fit glacial :) Gamaliel, toi et moi allons rendre une petite visite à ce Marcus. Nous prendrons plaisir à nous conduire en vandales.

Andoralson et Ren proposèrent de l'accompagner.

— Seras-tu capable de lancer ton sort de détection ? ajouta Ren.

— Bien sûr. Surtout si ces balourds d'ogres n'ont pas trouvé ceci... (D'un signe de la main, elle fit apparaître une porte aux contours verts.) Pardonnez ce léger bourdonnement, sourit-elle. C'est le bruit de mes battements de cœur. Nous allons pénétrer dans une poche dimensionnelle. Naturellement, lors de sa création, j'ai lié cette pièce à mes forces vitales. Suivez-moi.

Ren et Miltiades échangèrent des regards circonspects. Puis ils se hasardèrent à franchir l'étrange porte à la suite de la sorcière et de son familier.

— La magie dimensionnelle est fascinante, remarqua le druide. J'aimerais être capable d'une telle performance. Mais je n'ai pas le moindre talent pour contrôler de telles énergies. J'ai essayé un jour de créer une chambre de la taille d'un œuf ; je n'ai plus été bon à rien pendant une semaine. Avoir lié ses forces vitales à l'une d'elles est très dangereux.

Talenthia était fascinée par les crépitements couleur émeraude qui pulsaient doucement au rythme de son cœur. Les autres, à l'intérieur, restaient visibles. Mais la pièce lui paraissait trop surnaturelle pour qu'elle s'y risque.

— Vas-y, dit-elle à son cousin. Je vais rester là, au cas où les ogres reviendraient.

— D'accord.

Andoralson rejoignit les autres. Evaine parlait :

— Si tu me donnes une mèche de tes cheveux, Ren, je pourrai canaliser ton énergie pour contacter la Fontaine de Ténèbres dès l'aube. Pour l'heure, campons dans ce qui reste de mon logis.

Les lieux étaient trop ravagés pour qu'on puisse y remettre de l'ordre. Les efforts de Gamaliel et de Ren s'avérèrent vains. La tourelle devait être entièrement reconstruite, soit par magie, soit par des maîtres-maçons.

L'aide silencieuse du paladin contribua à atténuer la colère et le chagrin de la sorcière.

Andoralson et Evaine protégèrent le rez-de-chaussée par des champs de force. Les portes et les volets de bois furent réparés, les brèches obstruées. Ces pis-aller tiendraient éloignés les prédateurs.

La nuit fut calme.

Le lendemain, Evaine était prête. A son grand soulagement, le brasero mystique se ralluma quand elle ôta la capsule de platine. Elle répéta le sortilège avec une nouvelle passion dans les yeux et dans la voix.

L'enchanteresse déposa le cristal de quartz sur la flamme ensorcelée, et psalmodia de longs versets ésotériques. Puis elle se concentra.

Sa projection astrale reprit son envol ; son essence survola la tour en ruine et les environs. Cette fois, la magie inhérente au brasero, l'épitome occulte du pouvoir de la sorcière - la chambre dimensionnelle -, et le lien entre Ren et la Fontaine se combinèrent pour former une fine traînée luminescente qui la conduisit à la Fontaine de Ténèbres. La droite ainsi tracée avait pour point d'origine la tourelle délabrée, et pour point d'arrivée la zone obscure à quelques lieues de là.

Au lieu de suivre le trait de lumière, Evaine opta pour la plus petite tache de noirceur. Elle avait tellement grandi depuis la dernière fois qu'elle était presque à la mesure de l'autre.

Evaine rassembla ses forces. Tous ses instincts lui criaient de se tenir loin du nuage d'ébène gorgé de maléfices. Mais il lui fallait absolument en savoir plus. Approchant de l'autre masse impénétrable, qui n'était plus qu'à quelques lieues de la plus grande, elle devina la pénible vérité : les deux sphères étaient de nature identique.

Faisant appel à toute l'énergie à sa portée, Evaine se tourna vers la ligne droite lumineuse. Son esprit la parcourut jusqu'à sa fin.

Elle sentait vaguement le monde qui l'entourait. Enfin, elle parvint à une tour rouge. Pouvait-il s'agir de celle de Marcus ? Son périple astral la conduisit à une fontaine en forme de croissant d'une noirceur d'encre. Aucun reflet ne dansait à la surface de l'eau.

Son âme fut irrésistiblement attirée ; elle dut lutter pour ne pas se laisser entraîner.

— Qui a envahi ma tour ? tonna une voix désincarnée. Intéressant... Je n'ai jamais vu pareil sort de détection. Qu'est ceci ? Une âme est entrée dans mon domaine. Si pure, si bienveillante... Parle-moi, petite chose. *Latenat* !

Evaine fut choquée. Jamais personne ne l'avait repérée. Rassemblant son courage, elle posa une question essentielle :

— Comment cette fontaine est-elle arrivée ici ?

— Oh, tu ne devrais pas jouer avec les fontaines, grinça l'entité. Ce sont de vilaines choses, ma petite. Viens dans mes appartements. Nous pourrons deviser. Le pouvoir, voilà ma passion. Aimerais-tu devenir omnipotente ? Je peux exaucer ton vœu, *Latenat* !

Derrière la voix mielleuse se cachait un démon de la pire espèce.

— Minuscule chose, je suis vraiment navré : ma noirceur gêne ta curiosité. Je n'ai rien à cacher et tant à t'offrir, petite âme rusée !

Les ténèbres furent brutalement refoulées : la tour

se dressa tout entière devant la projection astrale. L'énergie méphitique était ahurissante. Phlan, chose incroyable, était contenue *sous* la tour, dans une immense caverne.

Les implications laissèrent Evaine paralysée de stupeur. Quel sorcier était capable d'un tel prodige ?

Elle lutta pour maintenir son équilibre mental. Comment avait-on pu la repérer ?

— Regarde-toi ! Voletant de-ci, de-là, sans jamais approcher. J'essaie d'être un hôte agréable, mais tu n'es pas très gentille. Cesse de t'agiter ainsi !

Un tentacule noir jaillit du sommet de la tour pour emprisonner l'essence de la sorcière.

Elle bondit afin de lui échapper, se concentra pour retourner d'où elle venait. En un clin d'œil, elle fut de retour dans son corps. En sueur, haletante, elle dissipa le sortilège d'un signe de main.

Andoralson et sa cousine se tenaient près du seuil de la demeure en ruine, sous une pluie battante. Aucune goutte ne mouillait pourtant leur manteau.

— Que font-ils dehors ? hoqueta Evaine, épuisée.

— Quand tu as commencé ton voyage astral, cria Ren pour couvrir le vacarme des éléments, Talenthia a remarqué un tourbillon de nuages orageux au-dessus de nos têtes. D'énormes coups de tonnerre se sont abattus sur la tour. Ton sortilège serait-il en rapport avec tout ça ?

— Tout est possible dans ce chaos. Mon sort a pu attirer l'orage comme un aimant. Mais si c'était le cas, la tempête aurait dû s'arrêter dès que je suis revenue.

Un nouveau coup de tonnerre éclata. Puis un autre que Talenthia dévia. Il fallait faire cesser cela d'une façon ou d'une autre.

Les druides joignirent les mains et unirent leur volonté. La pluie battante s'arrêta ; une brise fraîche enveloppa la tour et parcourut les prairies environnantes. Les nuages tourbillonnèrent et disparurent. Le soleil perça les nuées. Un grand ovale, au-dessus de leurs têtes, avait repoussé les nuages de part et d'autre. Un coin de ciel bleu surplombait la maison d'Evaine.

— Voilà qui est beaucoup mieux, reprit Andoralson, content de lui. Evaine, détends-toi. Nous ne devrions pas traîner ici. Tu nous expliqueras en chemin ce que tu as découvert.

Personne n'éleva la moindre objection.

CHAPITRE XIV

VIRILE BATAILLE

— La *stratégie*, capitaine Karkas ! C'est la *stratégie* qui gagne les batailles et reçoit les lauriers ! clamait le Sorcier Rouge de Thay, particulièrement arrogant et imbu de lui-même ce matin-là. Espèce de sac d'os, voilà ce qui te fait salement défaut !

Si Karkas avait eu des poumons, il en aurait soupiré de frustration. Un démon des crevasses l'avait arraché à son tombeau en raison de ses états de service légendaires. D'un bout à l'autre de Féérune, on discutait encore de ses victoires et de ses rares défaites, un millénaire plus tôt. Les généraux les plus divers appréciaient ses tactiques. Karkas en savait plus sur le sujet que n'importe quelle créature vivante de Toril. Ou morte. Un humain de quarante ans, qui avait passé le plus clair de son temps dans des tomes poussiéreux, au coeur des bibliothèques de Thay, ne l'impressionnait en aucune façon.

— Revoyons une dernière fois mon plan de bataille.

Karkas serra les poings. Une dizaine de prêtres de

Baine, huit mages, le démon et lui-même constituaient le « Conseil de guerre ». Marcus virevoltait et gesticulait autour de la création du démon : un diorama de trois mètres de long, réplique de la cité fortifiée de Phlan.

— Je conduirai les deux principales offensives avec les créatures de Moander. Nous prendrons la ville en tenaille. Toi Karkas, tu traverseras la baie avec tes trois cents squelettes. Mais naturellement, ce ne sera pas la force de frappe de notre attaque.

— Il s'agira d'une diversion, remarqua Karkas.

— Exact. Une de mes unités lancera une attaque latérale afin de surprendre les défenseurs.

— Une attaque de flanc ?

— C'est ça. (Il matérialisa une colonne de flammes miniature contre la maquette.) Si tout se déroule comme prévu, l'autre moitié de mon armée percera une brèche décisive.

— Tu veux attaquer de front ?

— Cesse d'interrompre mon Conseil de guerre, Karkas ! Obéis aux ordres, un point c'est tout !

Le commandant ne put plus contenir son irritation :

— Seigneur Marcus, chacune de ces tactiques devrait faire tomber la ville. Mais les combiner est stupide - pire, c'est du suicide ! Je te conseille d'abandonner ta stratégie et de concentrer nos forces sur une attaque frontale massive. Elle devrait suffire à couronner nos efforts de succès.

— Il m'apparaît clairement, capitaine Karkas, que tu n'entends rien aux affaires militaires. J'ignore comment tu as pu gagner ta réputation.

Les orbites vides le fixèrent en silence.

— Reconduis cet insolent, ordonna le sorcier au démon. Veille à ce qu'il ne m'importune plus.

Une fois seul avec le spectre, à l'étage, Tanetal en profita pour poser une main griffue sur son épaule.

162

Une gerbe d'étincelles noires jaillit du contact, et enveloppa le squelette.

— Karkas, je connais ta valeur et ton talent. Par mon contact, je viens de te libérer de l'emprise qu'exerçait Marcus sur toi et sur ton armée. Toi et moi, nous savons quelles tragédies s'abattent parfois sur les généraux... Va, seigneur Karkas, et agis comme tu l'as fait jadis !

*
* *

A l'orée du bois maudit se regroupaient les troupes de Marcus. Des chairs verdâtres, des fourrures et des silhouettes osseuses d'une infinie diversité se pressaient, avides de courir au combat. Gueules bavantes, voix grinçantes et cliquetis d'armes ponctuaient l'excitation des créatures.

Marcus retourna au combat sur sa monture infernale ; il survola ses forces, criant ses dernières instructions :

— Ogres et trolls, disposez-vous devant les prêtres et les sorciers. Vous avez ordre de les protéger. Faites-leur un bouclier de vos corps, si nécessaire !

Les créatures de Moander formaient un carré approximatif de plus d'une lieue de périmètre. Si leurs mouvements étaient plus lents que ceux d'un homme normal, leurs puissants maléfices les protégeaient.

Fou de joie, Marcus était capable de leur transmettre ses ordres d'une simple pensée.

— Je vais inventer mes *propres* tactiques. Dans un millénaire, le monde se pâmera encore d'admiration pour *mon* style de combat ! Je vais montrer à ce Karkas comment on livre *vraiment* bataille ! Je n'attendrai même pas que ses squelettes arrivent !

Sentant la victoire proche, Marcus donna l'ordre à la gigantesque armée de s'ébranler, et signala aux « arbres » de se diviser en deux unités. Les êtres vivants - enchanteurs, prêtres, monstres et mercenaires humains -, suivaient loin derrière.

*
* *

A une lieue de là, un prêtre utilisait d'un sort de détection qui lui permettait d'entendre la voix de Marcus. Il avertit Tarl et les autres chefs qui prirent les mesures nécessaires.

Les manœuvres de Marcus ne les impressionnèrent guère.

— Hé ! Ston, regarde un peu les drôles d'arbres qu'ils nous envoient cette fois !

— J'en ai entendu parler l'autre jour. Les parlementaires les ont mentionnés. Ils empestent comme une vieille chopine de bière, et crachent même des acides !

Le tir de dix catapultes eut raison des premiers arbres, les enterrant sous des piles de gravats... Les deux compères dansèrent de nouveau de joie. Puis Shal vint leur donner en personne ses instructions pour la suite.

*
* *

Marcus survolait le champ de bataille à faible altitude. Cela l'exposait aux armes de jet, mais il se fiait à ses nombreux sorts de protection. Il vibrait d'excitation. La vitesse de sa monture intensifia son euphorie.

Au loin, les lumières ensorcelées de la grotte se reflétaient sur les murs de la ville. Les murailles avaient viré du cramoisi au noir. Le sorcier haussa les épaules :

— Quoi que ces pathétiques âmes aient pu échafauder, leur sort est scellé.

Au même instant, une force invisible marchait au fond de l'eau. Les squelettes prendraient la ville par surprise. Marcus se congratula de ce trait de génie, oubliant que le commandant Karkas aurait pu lui disputer la paternité de l'idée...

Lors de l'annexion surnaturelle de la ville, toute la baie avoisinante, et une grande partie de la Mer de Lune avaient été arrachées en même temps à leur environnement. Les poissons et les fruits de mer constituaient l'unique moyen de survie de la ville assiégée.

Cette même baie était à présent envahie de guerriers deux fois plus puissants que les squelettes ordinaires, et animés par la volonté du sorcier. Marcus avait eu recours à d'extraordinaires enchantements pour mettre ces unités sur pied. Le jeu en valait la chandelle. Les prêtres les plus formidables, capables de réduire les squelettes en poussière, trouveraient ces guerriers ensorcelés impossibles à détruire.

*
* *

Grâce à son don d'observation, un prêtre avait alerté les soldats de la menace que dissimulait la baie. Tarl avait disposé des troupes le long des plages. Des centaines d'yeux se braquèrent sur les légions immobiles, guettant le premier signe de l'attaque ennemie.

Quand une pointe de casque surgit, l'alarme fut lancée.

Mais au lieu de trois cents horreurs osseuses émergeant sur la plage, seul le commandant Karkas foula le sable, fier et téméraire, et avança jusqu'au premier groupe de prêtres. Ces hommes courageux brandirent leurs symboles sacrés pour ordonner à la créature d'outre-tombe de retourner d'où elle venait.

— Rangez vos jouets, bande de lavettes ! Ça ne marche pas avec moi. De plus, je viens vous faire une proposition.

Les plus vieux exhibèrent de plus belle leur signe sacré. Mais l'un des jeunes, impatient de parlementer, fit un pas vers le spectre :

— Qu'as-tu à nous proposer ? Quelles garanties offres-tu ?

*
* *

De l'autre côté des remparts, la bataille faisait rage.

Les créatures de Moander, réduites à quelques centaines par le pilonnage des catapultes, avançaient toujours. Des pieds en forme de racines continuaient leur marche menaçante. Les arbres, d'une hauteur de trois mètres, exsudaient une sève fétide. Chaque coup au but soulevait des nuages de spores toxiques. Les branches des monstres étaient bardées de pointes, véritables épieux prêts à frapper.

— Mettez vos casques ! Attention aux épines volantes ! cria-t-on.

L'avertissement fila le long des remparts, depuis les capitaines jusqu'aux soldats. Tous enfilèrent une cagoule de laine pour empêcher les spores d'accéder

166

à leurs poumons.

Shal les avait fait fabriquer à l'issue des pourparlers avec l'ennemi. Les citoyennes avaient passé des nuits entières à coudre, broder et filer. Les sorciers avaient reçu l'ordre de chauffer du sable et de cristalliser de fines plaques de verre pour confectionner des sortes de lunettes aux combattants, afin de leur permettre de voir. En quelques jours, soldats, prêtres et sorciers avaient reçu leur équipement.

Alignés le long du chemin de ronde, protégés par les créneaux et les boucliers des gardes, les thaumaturges martelaient les assaillants de leurs sorts les plus dangereux. Shal et deux autres mages coordonnaient les ripostes, leur insufflant leur propre puissance.

Des sphères surnaturelles éclataient de toutes parts en arcs-en-ciel mortels. La chaleur infernale, qui aurait rôti une armée normale, s'avéra inefficace contre les monstres végétaux. Changeant de tactique, les sorciers invoquèrent des cônes de feu, qui restèrent en suspens au-dessus des « arbres ». Les flammes asséchèrent la sève toxique qui suintait des écorces, avant de réduire troncs et feuillages en cendres. La puanteur qui en résulta semblait venir des Neuf Enfers.

— Comment osent-ils ! fulmina Marcus. Je vais leur apprendre à se mesurer à un Sorcier de Thay ! Vous, prêtres et sorciers, tonna-t-il, marchez contre ces infidèles et balayez leurs pitoyables tours de prestidigitation ! Pourquoi croyez-vous que je vous paye ? Au travail !

*
* *

L'armée d'alchimistes de Marcus s'ébranla dans le plus grand désordre ; c'était chacun pour soi. Ils firent assaut d'ingéniosité et d'effets spectaculaires pour s'attirer les bonnes grâces du maître. Aux yeux de ces hommes et de ces femmes égoïstes, leurs collègues étaient autant des ennemis que les défenseurs de Phlan.

L'un d'eux, Thar Kuul, était parvenu à un rang élevé auprès du Sorcier de Thay, qu'il tenait pour un sot. Mais Marcus représentait sa meilleure chance de gagner en puissance. Kuul avait même convaincu le démon des crevasses de lui enseigner quelques sortilèges. Plus tard, il se débarrasserait du petit Sorcier Rouge après avoir pris le contrôle du démon. Mais l'heure était encore aux courbettes.

Déterminé, il s'élança, ses sorts les plus puissants et les plus spectaculaires au bout des doigts, prêt pour la première grande occasion de sa vie.

A l'approche des murailles, il nota immédiatement leur couleur noire. *De l'huile*, songea-t-il. Mais il savait comment annihiler cette pitoyable protection. Contournant la stupide horde d'ogres, il fit quelques gestes de la main. Les cinq murailles prêtes à s'enflammer disparurent brutalement.

— Voilà qui devrait attirer l'attention de Marcus. Voyons, maintenant...

Un sifflement aigu lui parvint aux oreilles. Il ne vit jamais ce qui le percuta de plein fouet. Dans sa hâte de doubler les autres sorciers, Thar s'était exposé aux coups de l'ennemi. Son cerveau calculateur gisait broyé sous un roc de cent kilos.

Marcus se concentrait sur la bataille. Les tentacules des arbres de Moander survivants glissaient sans trouver prise sur les murs huilés de la ville. Pis encore, ils tombaient comme des mouches sous le feu, l'huile bouillante, les flèches et les charges de catapulte.

— Peu importe, décida-t-il. Il existe d'innombrables manœuvres tactiques dans ce cas de figure. Je vais ordonner l'attaque de flanc, et je conduirai en personne celle de front.

Il beugla ses ordres aux contingents de mercenaires :

— Vous, les humains et les ogres, allez aux portes nord. Si le combat devient trop rude, battez en retraite.

Sur les remparts, un prêtre transmis immédiatement ses instructions aux messagers qui patientaient.

Marcus ordonna mentalement aux arbres corrompus de former des échelles vivantes ; des milliers de soldats montèrent à l'assaut des murs. Tarl hurla aux prêtres de lancer des sorts d'immobilité sur les arbres ambulants, mais les tentatives furent vaines. Les armes de jet n'eurent pas davantage de succès. Les hallebardes et les haches entamaient l'écorce, mais les monstres de Moander restaient trop nombreux.

Des secteurs de la première enceinte fortifiée durent être abandonnés à l'ennemi. Tarl donna le signal de la défense secrète.

Marcus hurla de joie :

— J'ai réussi ! Je les ai battus ! Moi, Marcus de Thay, je suis désormais maître de cette ville. Demain, je serai un demi-dieu et ces pitoyables humains s'inclineront devant moi.

*
* *

Un sorcier en toge brune avait assisté à la fin de Thar. Porter se réjouissait de sa bonne fortune : cette mort faisait de lui le nouveau commandant. Il avait l'intention de mener les nécromanciens à l'extrême limite de la portée des arcs, puis de laisser les défenseurs gaspiller leurs flèches. Mais il eut la surprise de ne pas voir un seul trait accueillir son unité.

Il n'y avait personne sur les remparts. La zone était déserte.

— Mage Whills, va explorer ces tours. Assure-toi que ton insensibilité aux flèches reste efficace.

Le dénommé Whills prit un moment pour invoquer le sortilège idoine, puis il survola les Portes de la Mort.

— Personne ici, seigneur, rapporta-t-il. Ils sont tous aux prises avec les créatures de Moander !

Porter était furieux. L'attaque éclair n'était pas censée se terminer ainsi ! Il n'y avait aucun adversaire à combattre ! Mais reculer signifierait subir l'ire de Marcus, hors de lui de voir sa stratégie bafouée par ses lieutenants.

Les Portes de la Mort avaient été réparées par magie après la dernière attaque. Porter fit sauter les barricades sans problème.

— Très bien. Enfonçons ces portes et voyons ce qui nous attend. Ogres, trolls, en avant ! Nous vous suivons.

Tandis que des masses de créatures assoiffées de sang s'engouffraient dans le long tunnel, un message télépathique atteignit les sorciers et les soldats embusqués dans les tours qui semblaient vides. Un prêtre-guerrier brandissant un marteau étincelant fut le premier à bondir par les portes dérobées : des centaines de guerriers jaillirent de chambres secrètes pour tailler l'envahisseur en pièces. Le Marteau de Tarl parut animé d'une vie propre : tous ses coups portaient, et tous tuaient.

*
* *

170

Dans son extase guerrière, Marcus remarqua à peine la femme, montée sur un magnifique cheval, qui chevauchait les nues à sa rencontre.

— Qui ose venir gâcher ma victoire ?

— J'ose ! s'écria Shal. Tu as volé ma cité et attaqué mon peuple. Ton heure est venue !

Elle tendit le bras : un éclair pourpre frappa Marcus.

Et fut dévié sans mal.

— *Tarnelth, wocsom, pellarz* ! tonna-t-il.

Des vents violents heurtèrent la magicienne, mais sans la blesser. Sa monture parvint à garder son équilibre.

Un geste de Shal fit se matérialiser une brume couleur parme sous les sabots ailés du cheval du sorcier. La vapeur sembla mortelle à Marcus, qui tourna bride, et prit de l'altitude. Mais les volutes le suivirent, comme animées d'une volonté propre.

Une boule de feu et un éclair jaillirent simultanément des mains du sorcier. Shal ne trahit pas sa surprise devant pareilles prouesses.

A travers les vents qui faisaient rage autour d'elle, Shal lança un sort de désintégration contre la monture du sorcier. La créature corrompue tomba en poussière. Marcus ne s'était pas donné la peine de la protéger. Il chuta vers la brume pourpre.

Une vive torsion de la main le stabilisa sur des coussins de flammes. Il psalmodia un nouveau sortilège ; un spectre noir prit forme derrière la magicienne.

S'attendant au pire, elle répliqua par le sort le plus puissant de son répertoire.

— Je suis aveugle ! s'écria Marcus, blanc comme un linge. *Gallen for supto* !

Dans sa panique, il venait de se retéléporter dans sa tour.

Le brouillard pourpre se dissipa.

Phlan, qui avait été à deux doigts du désastre, voyait le hasard et la fortune tourner en sa faveur : Shal avait momentanément vaincu Marcus, laissant les monstres, les arbres animés et les mercenaires sans commandant. Karkas était occupé de son côté.

Les monstres de Moander, jadis de parfaits guerriers, se brisaient comme des brindilles sèches. Quoique infatigables, ils manquaient d'intelligence. L'armée de Marcus était prise en sandwich entre les remparts extérieurs et l'enceinte intérieure, dont les murs étaient couverts d'huile noire gluante. Les défenseurs venaient d'y mettre le feu. L'intense chaleur asséncha les arbres, puis les calcina.

Un bruit assourdissant éclata : trois cents squelettes munis de haches se lancèrent à l'assaut. Ils n'avaient cure des poisons toxiques émis par les arbres. Ils se moquaient de la fournaise mortelle. Ils taillèrent en morceaux les âmes damnées de Moander qui attendaient des ordres qui n'arrivèrent jamais.

Karkas tenait sa vengeance...

Une fois de plus, Marcus avait abandonné ses troupes sur le champ de bataille. Les imprécations du sorcier résonnaient dans la tour, ponctuées d'insultes à l'adresse du démon des crevasses. Il lui ordonna de lui rendre la vue.

La tour trembla sur ses fondations...

CHAPITRE XV

LE MAL S'ÉTEND

— Voilà toute l'histoire. J'ai découvert la Fontaine dans une chambre secrète de la tour rouge ; une infâme entité m'a adressé la parole. Je n'avais plus ressenti pareille terreur depuis dix ans ! Je n'aurai pas cru possible qu'on me repère sous ma forme astrale. Je n'aurai plus de repos tant que je n'aurais pas découvert la nature de cette horreur oubliée des dieux.

Les compagnons chevauchèrent en silence de longs moments. D'heure en heure, leur mission se voilait des brumes du mystère et du danger.

Evaine rompit le silence :

— Même si nous savons où trouver la Fontaine, nous ignorons toujours l'emplacement exact de Phlan. Mais on peut raisonnablement supposer que la ville est à proximité de la tour. Il reste trop de questions sans réponses. Pour cette raison, je propose toujours d'explorer la zone la plus petite. J'estime que nous aurons plus de chances ainsi d'aller au bout de cette quête bizarre sans le payer de nos vies.

— Faisons halte, proposa Ren. Si la tour rouge dissimule la Fontaine de Ténèbres, il y fort à parier qu'elle cache également notre ville. Alors, au risque de me répéter, pourquoi ne pas prendre le taureau par les cornes, à savoir nous attaquer au diable plutôt qu'à ses démons ?

— Tu peux insister tant que tu voudras, Ren, je ne te suivrai pas aux abords de la tour rouge. Je ne suis pas sûre d'en réchapper une seconde fois. Explorer la zone obscure ne nous prendra pas plus d'un jour.

— Un jour qui verra peut-être la fin de mes amis ! Comment pourrais-je prendre un tel risque ? Nous *devons* nous rendre là-bas sur-le-champ ! Qui sait quelles monstruosités ils affrontent !

Ren tentait en vain de contenir ses émotions ; son cheval hennit doucement.

— Je sais que tu es inquiet. (La sorcière se tourna vers les autres :) C'est une grave décision. Puisque nos vies sont en jeu, votons. Qu'en pensez-vous ?

— Vous avez raison l'un comme l'autre, dit Andoralson. Ren, tu es rongé d'inquiétude, mais nous devrions suivre les instincts d'Evaine. Ensuite, quoi que nous découvrions, nous partirons pour la tour rouge.

— Tyr m'a confié une mission, dit Miltiades. La façon dont je me conduirai a son importance : cela fait partie de l'épreuve. Tous les chefs militaires savent que connaître les intentions et les moyens de l'ennemi peut décider du dénouement d'un conflit. Je suis d'avis de suivre Evaine.

Talenthia, pour sa part, était partagée. Elle aurait voulu soutenir Ren, mais elle n'osa pas :

— J'imagine que mon cousin a raison. Evaine a toujours pris les bonnes décisions. Alors suivons-la, si cela ne doit pas trop nous retarder. Je ne voudrais pas me jeter dans la gueule du loup alors qu'on peut l'éviter. Désolée, Ren.

Elle vint se placer près de lui, et glissa une main tremblante dans la sienne.

Personne n'eut le moindre doute sur l'opinion de Gamaliel.

Le front soucieux, Ren se rendit à l'avis général :

— Très bien. Allons-y. Nous ferons une petite halte pour nous restaurer ; ensuite, nous chevaucherons jusqu'au crépuscule. Nous reprendrons la route dès l'aube. Espérons, dans notre intérêt à tous, que ce détour portera ses fruits. Selon toi, à notre allure actuelle, quand serons-nous arrivés à destination, Evaine ?

— Si nous ne rencontrons pas d'embûches, nous y serons peu après demain midi. Nous sommes plus proches du but que tu ne crois.

Ren lança sa monture au galop à travers bois. Les autres le suivirent. La sorcière menait le cheval de son familier par la bride, tandis qu'il courait à son côté, le museau levé au vent.

La journée passa vite. Grâce à la vigilance de Gamaliel, ils évitèrent une colonne de loups et un détachement de gnolls. Embusqués, les cinq compagnons patientèrent jusqu'à ce qu'ils disparaissent. Leur prudence leur économisa du temps et de l'énergie.

Les aventuriers restaient plongés dans leurs pensées. Ren devenait de plus en plus irritable et nerveux, Talenthia de plus en plus maussade. Les événements l'effrayaient davantage chaque jour. Si Andoralson sauvait les apparences, lui aussi était gagné par l'appréhension.

Evaine se concentrait sur leur objectif, perdant elle aussi tout sens de l'humour. Elle se plongeait dans l'étude de son grimoire à la moindre occasion. Ses compagnons s'interrogeaient sur les motifs justifiant une telle obsession.

Seuls Gamaliel et Miltiades conservaient leur équanimité. Protégeant sa maîtresse en toutes circonstances, le chat était sensible à ses humeurs. Mais le chaton qui se cachait en lui gardait un cœur léger. Ses élans ludiques étaient souvent le seul rayon de soleil d'une sombre journée.

Plus stoïque que jamais, le paladin était le pilier du groupe ; de son propre chef, il devint l'officier chargé du moral des troupes.

La nuit couvrit les bois de ténèbres. Gamaliel partit en reconnaissance, et on établit le camp comme de coutume.

Tôt le lendemain matin, le familier partit chasser après avoir réveillé sa maîtresse. Elle s'absorba dans ses réflexions. La Fontaine qu'ils cherchaient l'alarmait davantage que les autres. Pis que tout, elle ignorait la cause de son angoisse.

Impatiente d'en découdre avec les forces maléfiques, Evaine se leva et éveilla ses compagnons.

Le repas leur redonna un peu de cœur au ventre. Miltiades, dévoué, leur offrit à nouveau des paroles d'encouragement :

— Vous vous attendez au pire. Vous partez battus d'avance. Soulagez-vous du fardeau qui pèse sur vos épaules, et vos corps, ainsi, seront plus souples. A l'instar d'un animal blessé, un homme qui a le cœur lourd devient une cible facile sur un champ de bataille.

Personne ne contesta la sagesse de ses paroles. Quand ils remontèrent en selle, ils se sentirent d'attaque.

A mesure qu'ils s'enfonçaient dans la forêt, l'environnement se modifiait de façon alarmante. Talenthia fut submergée la première par les vagues malfaisantes qui émanaient de la Fontaine. Les larmes aux yeux, elle prit la parole :

— Andoralson, ne sens-tu pas les souffrances de la forêt ? Ces arbres ont mal !

Ren ordonna une halte.

— Regarde les oiseaux, Ren, dit Andoralson. Des corbeaux et des corneilles, mais pas de rouges-gorges, de moineaux ou de pinsons. Nous sommes dans une forêt maléfique.

— Qui a le pouvoir de dépraver et de pourrir une forêt entière ? s'interrogea la druidesse, qui retenait ses larmes avec peine.

Andoralson s'efforça de la réconforter :

— Je l'ignore, cousine. Mais il nous faut continuer.

La jeune femme mit pied à terre et sonda les environs avec des sorts de détection de maléfices.

— Talenthia, lui dit doucement Ren, nous *devons* continuer.

Sans lui prêter attention, elle compléta le sortilège et reprit, animée d'une détermination nouvelle :

— Vous allez poursuivre vers le nord. La source du Mal est là. Je vous rattraperai. Inutile de discuter ni de vous inquiéter pour moi. Je peux inhiber en partie les effets du Mal.

Elle s'assit sur l'herbe et fit la sourde oreille à leurs admonestations. Elle semblait avoir pris racine.

Ils furent contraints de l'abandonner et de repartir.

*
* *

Les ombres de la forêt s'allongeaient. De majestueux chênes s'élançaient à l'assaut des nues. D'étranges lianes rouges paraissaient les étrangler ; elles rappelaient des veines gorgées de sang nouées autour des troncs et des branches. Des mousses et des fougères de toutes sortes s'accumulaient à terre. Des spores humides voletaient à chaque pas que faisaient les chevaux. Les aventuriers nouèrent des chiffons autour de leur bouche et de leur nez pour s'en protéger.

Dans une petite clairière gisaient en cercle brisé des pierres noires et lisses de la taille d'un homme.

— Par les dieux ! s'exclama Andoralson en les apercevant, qu'ont-ils fait ? (Bondissant de cheval, il s'agenouilla près d'une pierre.) C'était le bosquet d'un druide ! Miltiades, aide-moi à relever ces dolmens et à les remettre en place, s'il te plaît. Ren, continue avec Evaine et Gamaliel. Nous en aurons pour peu de temps ; nous vous rejoindrons après. Je ne peux pas laisser cet endroit ainsi.

Ren n'était pas d'avis que le groupe s'amenuise encore :

— Druide, le temps presse ; si nous voulons combattre les forces démoniaques, il faut y aller...

— Non, Ren. Evaine et toi, continuez. Je dois purifier ce bosquet, je n'ai pas le droit de l'abandonner dans cet état. Sinon, cette partie de la forêt risque d'être à jamais maudite. Je t'en prie, tu dois me laisser accomplir mon devoir !

Nul ne pouvait ignorer une telle demande. Miltiades offrit son aide et sa protection. Vaincu, Ren repartit avec la sorcière.

Sa rage éclata en chemin :

— Bon sang, Evaine, c'est comme si des forces démoniaques se délectaient de nous diviser et de nous séparer ! Est-ce possible ?

— C'est ainsi que fonctionne le Mal, soupira la sorcière. Il brise les amitiés, déchire les amants, jette le frère contre la sœur... Il dispose pour cela des moyens les plus subtils. Pas besoin de serpents ou d'armées : la convoitise, la jalousie suffisent le plus souvent... Nous devons prendre garde à ne jamais leur prêter le flanc.

*

* *

Talenthia s'orienta vers un cercle de chênes à l'agonie, et s'écria :

— Mon dieu, Grand Sylvanus, cette forêt se meurt ! Tant de souffrances... (Elle tomba à genoux, les joues baignées de larmes ; la misère des arbres l'atteignait au plus profond de son âme.) Que puis-je faire ? Sylvanus, dieu de Compassion, que peut faire ton humble servante ? C'est injuste ! La mort empiète sur le territoire de la vie ! Par le pouvoir de Sylvanus, je ne la laisserai pas remporter la victoire !

Elle criait maintenant sa colère à la face du ciel.

Elle enfonça ses doigts dans la terre.

Le sol était moins atteint. Un espoir traversa ses pensées. Le Mal n'avait pas encore souillé le sang de la terre. Elle s'abîma en prières. Elle laissa librement couler son essence vitale. Son unique volonté était de reprendre la *vie*, qui saignait lentement de la terre, pour la rendre à la forêt.

Il y eut une réaction.

Une vague intangible émanait de la druidesse. L'herbe, la terre et les arbres bruissèrent au contact des rayons bienfaisants. Les lianes rouge sang se flétrirent, la végétation absorba l'humidité dont elle avait désespérément besoin. L'herbe et les arbres retrouvèrent leur verdure ; des fleurs fanées s'épanouirent de nouveau, les plantes furent libérées de leur joug. Une fraîche humidité et la douce senteur des bourgeons alourdirent l'air. La saine énergie de la druidesse rasséréna et guérit les végétaux *vampiri-*

sés.

Affaiblie, Talenthia était proche de l'extase ; elle s'abandonna tout entière pour sauver un monde qu'elle adorait.

Les feuillages murmurèrent au vent tandis qu'une nouvelle sève gonflait leurs rameaux. Libérés de leurs chaînes, les arbres entonnèrent un chant de gratitude. Les champignons qui étouffaient les troncs et les branches sous leur masse se détachèrent et s'effritèrent.

Talenthia rassembla son énergie pour compléter le processus salvateur. Alors une vision se matérialisa devant elle ; elle avait la forme d'une gracieuse licorne :

— *Ma fille, tu as assez travaillé. Tu dois cesser.*

Le message mental atteignit son esprit fatigué.

Pour la première fois, la druidesse releva la tête et vit la transformation miraculeuse qu'elle venait d'opérer. Aussi loin que portait son regard, tout, autour d'elle, n'était plus que verdure et luxuriance. Des anneaux noirs s'élevaient encore dans le ciel, au loin, mais la forêt n'était plus perdue. Il restait possible de la sauver.

— Sylvanus, mon dieu, mon père spirituel, je te remercie de la puissance dont tu m'as fait grâce. Ce miracle durera-t-il ?

— *Non, ma fille. Dans quelques semaines, le Mal ravagera de nouveau l'oasis qui est le fruit de tes efforts et de ta foi. Je ne peux pas l'empêcher. Tu ne dois pas renoncer à ta quête.*

— Père des Forêts, ces bois souffrent tant !

— *Oui, mon enfant. Mais tu ne peux pas rassembler suffisamment d'énergie pour les guérir. Le Mal est trop fort.*

— Si je reste ici, père, la terre pour laquelle je sacrifierais joyeusement ma vie demeurera-t-elle saine et fertile ?

180

— *Nul mortel n'a la faculté de préserver cette sylve du Mal qui veut la détruire. Si tu restes, cette île de paix demeurera saine et verdoyante. Mais tu seras saignée à blanc, et tu mourras exsangue.* (La licorne la contempla de ses grands yeux tristes.) *Si je t'octroie la grâce de transcender la mort et d'assumer une essence de gardien, tu sauveras ces bois. Mais ce faisant, tu abandonnerais la quête.*

— J'ai vécu pour me gagner un tel privilège.

— *As-tu réfléchi à ce que serait ta vie ? Quitter les bois te deviendra impossible ; tu y auras tes racines, tant physiques que spirituelles. Les hommes ne verront de toi qu'un magnifique bosquet et rien d'autre. Tes jours s'écouleront dans un silence végétal.*

— Mais je protégerai les animaux ; mes membres seront le refuge des oiseaux et de leurs nichées. Mon essence tutélaire nourrira les arbres et les fleurs. Les bêtes me voueront leur amour, et seront mes amies. Sans cela, elles vont mourir dans d'atroces souffrances !

— *Tu m'as montré que ton cœur et ton âme ne faisaient qu'un*, admit Sylvanus. *Je t'accorde cette grâce.*

Avec douceur, la licorne effleura son épaule de sa corne.

Talenthia s'abandonna à la puissance divine : son corps se mua en une brume laiteuse qui adopta la forme d'un beau peuplier. Puis l'arbre revêtit des couleurs : des racines coururent sous le sol, les branches se couvrirent de feuilles. Une fine écorce brune et de soyeux branchages complétèrent l'extraordinaire métamorphose. L'arbre frémit de joie.

Sous ses racines, un filet d'eau se mit à sourdre et à dévaler la colline. Le calice de guérison que portait Talenthia avait, lui aussi, été transformé ; désormais, il abreuverait la forêt affamée. L'endroit était à jamais béni.

Avec grâce, la licorne effleura le tronc de sa corne. Branches et feuilles l'encerclèrent avec amour. Puis la créature divine se dissipa en volutes blanches.

*
* *

A des lieues de là, Andoralson achevait un rite de purification à l'aide de branches de gui. Les dolmens relevés et en place, Miltiades montait la garde.

Le druide voulut contacter sa cousine ; il sentit une présence nouvelle.

Stupéfait, il comprit ce qui venait de se produire. La colline où était restée Talenthia rayonnait de joie, de sérénité et d'une exubérante énergie.

— Très bien, cousine... Je dois admettre que je n'aurais pas cru cela de toi.

Elle allait lui manquer ; mais il était heureux pour elle. La quête achevée, il reviendrait l'aider à sauver la forêt ; il se le promit.

Il expliqua ce qui arrivait à Miltiades, puis donna le signal du départ.

Une vapeur verte enveloppa les dolmens qu'Andoralson venait de consacrer. Aucun mal ne menacerait plus le bosquet.

*
* *

Evaine, Gamaliel et Ren avaient pris des lieues d'avance. La magicienne avait la désagréable sensation que *quelque chose* guidait leur progression et

182

les attendait. Mais elle ne souffla mot de ses appréhensions aux autres. La route s'élargissait ; les broussailles disparaissaient graduellement.

La présence du Mal devenait étouffante. Les arbres ployaient sous les lianes rouges qui les étranglaient. La couche de moisissure rendait la respiration difficile, même avec des foulards noués autour de la bouche et du nez. De grotesques caricatures de végétaux et d'insectes proliféraient.

Les deux cavaliers parvinrent l'après-midi à une petite clairière, déçus que les autres ne les aient pas rejoints.

— Regarde ça ! s'exclama le ranger, qui avait du mal à en croire ses yeux. Un cottage douillet, un ruisseau d'eau claire... Il ne manque qu'une brave petite vieille pour nous souhaiter la bienvenue et nous accueillir chez elle !

— Une grande dame de cinquante ans ferait-elle l'affaire ? dit une voix derrière eux...

C'était une belle femme d'âge mur, vêtue d'une robe de laine blanche assortie à ses cheveux bouclés. Elle tenait un grand panier de champignons sous le bras. Evaine remarqua qu'il s'agissait d'un mélange d'espèces comestibles et vénéneuses.

— Je vous en prie, continua la femme, laissez vos chevaux près du ruisseau, et venez vous reposer dans mon humble demeure. Je suis si seule...

Gamaliel siffla, les pupilles enflammées.

Aussi discrètement que possible, la sorcière lança un sort de détection de magie.

L'affabilité de la femme s'évanouit aussitôt :

— Est-ce une façon de traiter votre hôtesse ? Tes tours de passe-passe ne te seront d'aucun secours ici, ma fille. Mon essence remplit la forêt. Nous pouvons deviser agréablement, ou je peux vous détruire séance tenante. Que faites-vous ici ?

— La magie n'est pas notre seule arme, fit Ren,

en mettant pied à terre.

Contrairement à sa compagne, il éprouvait une attirance immédiate pour cette belle femme. Elle paraissait inoffensive ; il était tout disposé à lui faire confiance. Le regard que posa sur lui l'inconnue sembla sonder jusqu'au tréfonds de son cœur et de son âme.

L'homme n'ignorait pas que la beauté pouvait cacher une multitude de laideurs et d'ignominies...

N'empêche qu'elle était ravissante.

— Allons, Incisives..., dit Evaine à son familier. Soyons courtois et acceptons de bon cœur l'hospitalité qui nous est offerte.

La femme aux cheveux blancs se radoucit, et dit à Ren :

— Je m'appelle Lanula. Qui êtes-vous ?

— Le ranger s'appelle Dague, je suis Coran et voici mon familier, Incisives, mentit Evaine.

Etonné, Ren ne dit rien. Ce qui relevait de la magie devait être laissé aux experts.

— Quel joli chat tu es, dit Lanula à Gamaliel. Pourquoi ne pas utiliser ton pendentif et parler avec nous ? (Le félin se changea instantanément en barbare.) Voilà qui est mieux. Tu es plus beau ainsi, approuva-t-elle d'un ton mielleux.

— *Pourquoi as-tu fait ça, Gam ?* l'interrogea Evaine, interloquée.

— *Je l'ignore !* répondit-il, affolé. *Elle possède un type de contrôle étrange. Je ne sens rien. Tu es sûre qu'elle est mauvaise ?*

Evaine n'aimait pas cela du tout. Elle invoqua un sort de protection.

— Tu es une élève de Sébastien, n'est-ce pas ? observa Lanula amusée, sur le pas de sa porte.

La sorcière s'efforça de contenir son irritation. Peut-être s'agissait-il d'une rivale de son mentor ?

— Allons, Incisives, allons, Dague, venez réchauffer vos corps près du feu, invita Lanula.

Elle avait adopté une attitude lascive et une voix séductrice.

Souriant, Ren avança.

Gamaliel hésita, ne sachant que décider.

— Arrêtons cette mascarade, veux-tu ? décréta Evaine, les bras croisés sur la poitrine. (Si ses amis entraient dans la maison de la créature, ils risquaient de ne plus jamais en ressortir.) Tu es une succube. Je me souviens maintenant de ce que m'a dit Sébastien avant de mourir... *Lunlaa* ! cria-t-elle, bâton en main. Montre ce que tu es *réellement* !

La femme poussa un cri. Ses cheveux s'allongèrent et devinrent noirs comme la nuit. D'immenses ailes de chauve-souris jaillirent dans son dos. Ses mains et ses pieds délicats se changèrent en griffes. L'abominable créature aux yeux rougeoyants se mit à voleter autour de l'enchanteresse.

Elle partit d'un rire grinçant :

— Tu m'as obligée à jeter bas le masque en utilisant mon nom, mais tu n'as pas le pouvoir de me chasser d'ici. Seul Sébastien l'avait, et il refusa de l'utiliser jusqu'à la fin.

— Je sais ce que tu lui as offert, et ce que tu lui as pris. Je *peux* te détruire ici et maintenant !

— Attaque-moi, et tes amis se tourneront contre toi !

Ren et Gamaliel étaient subjugués, par la belle femme *inoffensive*. Ensorcelés, ils ne voyaient pas l'horrible réalité. Si Gamaliel ne se retournerait jamais contre elle, avec Ren, c'était une autre histoire.

— *Maîtresse...*, lutta le familier. *Je ne peux pas la tuer... Aide-moi...*

— Vous n'êtes pas venus me tuer, ronronna la succube. Notre ennemi commun réside dans la tour rouge. Soyons amis et je vous dirai comment l'occire. Vous ignorez encore beaucoup de choses.

— Pourquoi nous aiderais-tu ? Comment te faire confiance ?

— Le démon des crevasses qui a créé la tour possède des facultés inhabituelles. Il ne ferait qu'une bouchée d'une pauvre succube. Il engloutira bientôt mon territoire. Que peut faire une malheureuse démone, sinon rechercher l'aide de bons aventuriers comme vous ? Je vous propose un marché : je vous dirai ce que je sais, et vous me laisserez tranquille. D'accord ?

— J'accepte, répondit Evaine, les mâchoires crispées. Mais uniquement parce que je veux détruire coûte que coûte la Fontaine de Ténèbres. Je reviendrai m'occuper de toi avec d'autres amis, moins vulnérables.

— Tu es sage. Une autre, moins avisée, aurait tenté de m'anéantir. Et elle y aurait laissé la vie. Quant à tes amis, l'un d'eux est déjà en mon pouvoir. Je renonce au deuxième pour l'instant, quoique j'eusse aimé l'ajouter à ma collection. Le troisième ne représente rien pour moi. Je vais relâcher tes deux compagnons, et te dire ce que je sais. Ensuite, soupira la créature, tu devras partir au plus vite.

L'heure suivante se passa à écouter la succube. Evaine sut à quel abishai elle aurait affaire, apprit la nature des ténèbres qui enveloppaient les terres, et découvrit le talon d'Achille du démon des crevasses.

Sur ordre de sa maîtresse, Gamaliel reprit sa forme naturelle et partit à la recherche d'Andoralson et de Miltiades. Evaine ne voulait pas risquer un nouvel envoûtement.

Quand les deux guerriers les eurent rejoints, elle leur conta l'incident.

A son tour, Andoralson les informa de la métamorphose de sa cousine dans le bois. Tout le monde regretta amèrement sa disparition. Mais elle serait heureuse, affirma le druide ; c'était ce qu'elle avait toujours désiré. La raison et les conséquences de son sacrifice aidèrent à atténuer la tristesse de la savoir disparue.

Mais un peu seulement...

CHAPITRE XVI

UNE VISITE DANGEREUSE

La journée avait été épuisante. Même Gamaliel, pourtant doté d'un dynamisme félin, se traînait. Le groupe avait chevauché jusqu'à la tombée de la nuit, puis avait dressé un nouveau camp de fortune. Après dîner, les aventuriers discutèrent des récents événements et mirent au point une stratégie pour la suite de la mission.

La frustration les tenaillait ; ils tâchaient de rester calmes et rationnels. Ils devaient garder la tête froide coûte que coûte. Judicieusement, Miltiades leur narra d'antiques batailles qui avaient été remportées contre toute attente. Si la ruse était grossière, les intentions du paladin furent appréciées par le groupe.

La tour rouge n'était plus qu'à trois jours de cheval, estimait Evaine, à condition d'arriver à éviter les monstres de la région.

— Sera-t-il trop tard pour Phlan ? s'inquiéta Ren.

Son angoisse croissait à mesure que s'écoulaient les heures et les jours. Reverrait-il jamais ses amis vivants ?

— D'une certaine façon, répondit Evaine, les ténèbres qui encerclent la tour sont bon signe. Elles se sont propagées lentement, ce qui semble indiquer que la ville n'est toujours pas tombée. Cette noirceur envahirait beaucoup plus de terres si davantage d'âmes étaient sacrifiées à la Fontaine de Ténèbres. Cela coïncide avec ce qu'a dit la succube. Je m'attends à voir les trois abishais nous survoler d'un instant à l'autre. Ils seront le premier défi à relever.

Quand chacun sombra dans le sommeil, Miltiades reprit sa garde. Il retira son armure de plaques et en polit méticuleusement chaque élément. Il fourbit ses armes. Le paladin soupira en croisant son reflet dans le métal.

Il ne regrettait pas son ancienne apparence. Après un millénaire de sommeil, cette mission lui offrait une possibilité de se racheter. Il se leva et adressa une prière muette à Tyr :

— Dieu du Pouvoir et de la Loi, ton fils est vraiment reconnaissant de la chance que tu lui offres. Permets-moi de m'en rendre digne. Accorde-moi la force de n'agir qu'en ton nom et pour ta plus grande gloire. Guide ton humble serviteur à la lumière de ta bonté.

Une autre aube, morne et glacée, se leva.

Andoralson, le premier debout, alla dégager un carré de terre à la lisière de la clairière, sous l'œil perçant de Gamaliel. Il y sema des graines et entonna un chant. Une fois aspergées d'eau bénite et de poudre, plusieurs jeunes pousses grandirent à vue d'œil.

Réveillé à son tour, Ren ne contint plus sa curiosité :

— Voilà plusieurs jours que je te vois répéter le même rituel, druide. Pourquoi t'entêtes-tu ?

A voir le grand sourire qu'Andoralson lui adressa,

le ranger se prépara à écouter un cours magistral :

— Je contribue à sauver les terres. Si les noirceurs dont parle Evaine ne me disent rien, je vois les ravages qu'ont subi les bois et les forêts que nous traversons. Il faut *arrêter* cette destruction. Je suis la voie tracée par ma cousine. Les arbres que je plante vont grandir par magie et atteindre leur taille adulte en une semaine. Leur résistance au feu, aux maladies et aux armes tranchantes sera particulièrement élevée. Chaque cercle de sept arbres planté par mes soins constituera un havre de paix et de sérénité.

Gamaliel bondit soudain, museau au vent.

— Des cavaliers approchent, interpréta Evaine.

Ils levèrent le camp sans hâte. Bien avant leur apparition, le chant porté par le vent et l'encens que sentait le félin suffirent à identifier les visiteurs comme des prêtres.

Andoralson lança un sort de visualisation et décrivit le groupe de cavaliers que sa projection astrale voyait :

— Ce sont des prêtres, sept adorateurs d'Ilmater, reconnaissables à leur tunique grise. Le chef a un serre-tête rouge. La larme grise tatouée sous son œil gauche signifie qu'il est un maître particulièrement puissant. Ils sont accompagnés de dix prêtres de Torm. Leur chef a une armure légèrement bleutée.

Les deux groupes chantaient à tue-tête des airs différents, se moquant de la cacophonie. La vue des voyageurs ne les empêcha pas de continuer.

— Amis ou ennemis ? lança le prêtre de tête.

Sa voix calme, plus le fait qu'il n'avait pas tiré d'arme, montrait qu'il ne s'attendait pas à un combat.

— Amis pour ceux qui veulent être nos compagnons, ennemis pour ceux qui veulent nous nuire et entraver notre quête, répondit Ren.

— Bien dit, pour un guerrier.

Sur un signe de leur chef au bandeau rouge, les deux groupes mirent pied à terre et cessèrent leurs chants.

— Je suis le chanoine Painel. (La larme grise tatouée sur son visage était maintenant visible.) Avec mes prêtres et ceux de Torm, nous menons également une quête.

— Je suis Starnak, haut chanoine de Torm, se présenta le second prélat. Que fait une bande telle que la vôtre dans les parages ? Vous rendez-vous compte des dangers ?

— Bons prêtres, commença Ren de son ton le plus ferme, nous voulons retrouver des amis qui ont disparu avec Phlan. Nous devrions trouver des réponses à la tour rouge.

— Quelle coïncidence ! s'étonna Painel. Nos dieux nous ont donné pour mission de retrouver une tour rouge et d'en chasser le Mal. Guerrier, présente-nous tes amis, je te prie.

— Je m'appelle Dague. Voici un guerrier dévoué à Tyr du nom d'Ordean. (Le ranger espéra qu'ils ne verraient pas l'illusion et ne reconnaîtraient pas en Miltiades un mort-vivant.) La dame est une sorcière nommée Anastasia ; son familier est Fellinor.

— Et je suis Acer, dit le druide. Pourquoi ne pas unir nos forces contre la tour rouge ? Que savez-vous de cette structure ?

Evaine remarqua de légers mouvements à l'arrière du peloton de religieux...

Elle se racla la gorge, espérant les interrompre :

— Excusez-moi, mais votre sort de détection ne fonctionnera pas ; un voile maléfique entoure notre groupe. Vous devrez nous faire confiance.

— La confiance..., un charmant concept, rarement accordé sans contrepartie, n'est-ce pas ? remarqua Painel. Comparons nos connaissances ; nous aviserons ensuite. Alors, belle dame, dites-nous ce que vous avez appris ?

Evaine n'allait certainement pas dévoiler leurs secrets sans savoir à qui elle avait affaire. Cependant, elle était prête à commencer :

— Ma maison a été détruite ; un message laissé en évidence m'a informée que le sorcier Marcus était responsable. Il recrute des nécromanciens pour le seconder. Grâce à des sorts complexes, je pense avoir déterminé que l'homme est impliqué dans la disparition de Phlan. Nous espérons le trouver et parvenir à un compromis avec lui pour que la ville soit rendue à son environnement naturel. Je pourrais conter en détail notre périple, mais je crois que tu serais vite lassé. J'ai également découvert que trois abishaïs surveillaient les alentours.

— Nous ne savions pas que des démons étaient de la partie, répondit Starnak. La situation est plus grave encore si des entités venues d'autres plans sont en cause. (Il sortit un parchemin.) Nous avons eu recours à tous les moyens possibles pour en apprendre plus sur la disposition de la fameuse tour. Une douzaine de nos frères ont perdu la raison. Ils déliraient à propos d'une voix maléfique, avant de mourir dans d'atroces convulsions. Nous connaissons une des portes secrètes ; il en existe beaucoup. Sur ce parchemin est inscrit le mot de passe, mais nous le tenons d'un de nos frères devenus fous...

— *Je détecte l'odeur du soufre, maîtresse*, avertit Gamaliel. *Et une étrange présence...*

— Mon chat a repéré une odeur et une présence étranges, répéta aussitôt la sorcière. Je pense que les abishaïs nous ont repérés. Il va falloir défendre chèrement nos vies !

Ren, Andoralson et Miltiades s'emparèrent de leurs lames. Starnak leva son point ganté ; les prêtres tirèrent instantanément leurs armes, et entonnèrent un chant magique. Une luminescence verte enveloppa les épées. Les prêtres d'Ilmater étaient nimbés de blanc.

— J'aimerais inclure votre groupe dans notre système de protection, dit Starnak à Evaine. Nos chances en seront augmentées.

Ren allait accepter mais la sorcière le devança :

— Nous avons nos propres défenses, bien particulières. Elles se sont avérées efficaces contre toutes sortes de bêtes. (Elle ignora l'air furieux du ranger.) J'ai entendu dire que ce type de créature attaquait en induisant la terreur chez ses victimes.

— Ah, douce enfant, dit Painel, si tu laisses nos prêtres vous protéger, vous ne ressentirez aucune peur. Réfléchis.

Mais Evaine resta inflexible.

— Acer, peux-tu repérer les créatures qui se préparent à nous attaquer ? demanda-t-elle, espérant qu'Andoralson comprendrait le sous-entendu.

— Je peux essayer, répondit-il. Si seulement ma cousine était là... Elle avait le calice idoine.

Dérouté, Ren agrippa son épée à deux mains ; puis il comprit enfin le subterfuge. Miltiades était prêt.

Le druide prononça une formule magique. Des flammes pourpres fusèrent de ses mains en direction des prêtres. Un par un, tous disparurent, à l'exception de trois, dont les deux chefs.

— *Maintenant*, hurla Evaine, avant qu'ils ne se transforment !

Le flot d'énergie se plia et s'incurva, inondant les trois personnages de reflets turquoises. Leur chair se mit à fondre ; ils poussèrent des cris affreux.

Percées à jour, les créatures se tordirent pour se libérer de leur gangue humaine, révélant trois abishais, un vert, un noir et un rouge. Miltiades et Ren abattirent leur épée de toutes leurs forces sur le rouge et le noir avant que leur transformation soit complète. Gamaliel prit le dernier à revers, toutes griffes dehors. Du pus sanguinolent apparut sur son dos.

Le rouge et le noir parvinrent à bondir dans les airs grâce à leurs grandes ailes de chauve-souris. Le démon vert ne réussit pas à prendre son envol avec l'énorme chat juché sur lui.

L'aura bleue du druide, aveuglante pour les créatures, continuait de les exposer aux coups. Evaine et Andoralson lançaient sortilège sur sortilège, ponctués par des cris de douleur et de rage. Le tir de barrage n'arrêta pourtant pas les créatures démoniaques.

La bête rouge s'abattit sur Miltiades. Ses talons et ses griffes déchiquetèrent les plaques de métal comme du beurre. L'illusion se dissipa ; le squelette reprit sa véritable apparence. Le démon n'y prêta aucune attention.

Evaine tendit les doigts ; dix-huit rayons d'énergie d'un blanc incandescent en jaillirent. Le cri de douleur qu'ils arrachèrent à la créature fit paniquer les chevaux. L'abishai ne lâchait pas prise, mais ses ailes étaient lacérées. Celui-là ne s'envolerait plus.

Le démon noir fondit sur Ren et le plaqua au sol. Un coup d'épée fit mouche malgré tout ; du sang noir jaillit. L'aventurier se dégagea et se redressa.

Concentré sur sa tâche, Andoralson utilisa l'énergie que lui offrait la nature : un rayon incandescent heurta l'abishai noir entre les deux yeux. Hurlant de douleur, le démon frappa à l'aveuglette. A travers sa cotte de mailles, le ranger eut l'épaule déchirée par les griffes.

Le ventre d'un blanc laiteux de Gamaliel était souillé de substances noirâtres. Il fouaillait sa victime de ses griffes et de ses crocs. Puis il ouvrit la gueule pour mordre la jugulaire du monstre. Mais l'abishai était trop corpulent. Tentant une manœuvre désespérée, le démon se jeta en arrière pour écraser le chat. Les réflexes fulgurants du félin lui sauvèrent la vie.

La sorcière réagit à une vitesse sidérante et enveloppa l'adversaire d'un dôme gazeux légèrement verdâtre. Le démon vert eut beau marteler et griffer la barrière invisible, il était pris au piège.

Son ennemi aveuglé, Ren n'eut aucun mal à le tailler en pièces.

Miltiades combattait l'abishai rouge. Les coups de patte du démon étaient inoffensifs pour lui. Evaine lança un sort d'aveuglement sur la bête.

Gamaliel était de nouveau juché sur le dos du démon noir, dont les ailes pendaient misérablement. Avec l'aide du chat, Ren plongea son épée entre les côtes de la créature. Du sang noir jaillit ; hurlant, se débattant, le monstre heurta le chat qui feula de douleur.

Après quelques convulsions, l'abishai noir resta inerte.

Evaine s'affola :

— Du poison ! La queue de cette chose est probablement empoisonnée !

Gamaliel apaisa ses frayeurs :

— *Il commence à se répandre, je le sens couler dans mes veines... Mais l'anneau que le paladin m'a donné est déjà à l'œuvre. Ça ira.*

Restait l'abishai rouge, l'adversaire le plus coriace, que combattaient Ren et Miltiades. Le vert était prisonnier de la sphère.

Les yeux flamboyant, la sorcière prononça un de ses sorts les plus destructeurs. Son visage s'embrasa presque tandis qu'elle invoquait des énergies inouïes. Un rayon émeraude fendit l'air, sifflant en direction de sa victime, qu'il encercla.

Ren et Miltiades reculèrent. Le démon se débattit furieusement : sa tête vira à un gris cendreux qui gagna le reste du corps. Ses ailes se flétrirent et tombèrent. Les membres de la bête se tordirent comme des racines d'arbre. Des hurlements et des cris à glacer les sangs éclatèrent, achevant d'affoler les chevaux.

Ne resta bientôt plus de la créature qu'une coque desséchée. L'émanation verte forma une spirale au-dessus de sa proie, absorbant ses forces vitales...

Evaine courut au côté de Gamaliel pour soigner ses plaies ; Andoralson guérit la blessure à l'épaule de Ren. Il fallait faire vite avant que la sphère magique se dissipe et libère le troisième démon.

Miltiades alla se camper devant l'abishai, prêt à porter le premier coup. Ren le rejoignit dès que sa plaie se fut refermée grâce à une incantation d'Andoralson. Il guetta l'instant propice pour darder ses dagues magiques sur la bête. Andoralson gardait un sort en réserve.

Au signal de la magicienne, les dagues fendirent les airs et s'enfoncèrent jusqu'à la garde dans la poitrine du monstre. Un éclair émeraude lancé par Evaine se brisa et s'éparpilla sur la carapace de l'abishai dont la nature magique restait trop puissante. Le sortilège bleuté d'Andoralson éclata en mille dards turquoise, désorientant l'adversaire. Chaque étincelle brûla sa carapace. Il se blessa lui-même grièvement en tentant de chasser les dards de feu à coups de griffes. Une fumée âcre monta, le démon parut danser sur place.

Gamaliel bondit de nouveau sur son dos et lui lacéra les chairs. Miltiades et Ren lui portèrent des coups calculés, jusqu'à ce qu'il tombe à genoux. Le chat donna le coup de grâce en lui brisant la nuque.

Les compagnons se laissèrent tomber dans l'herbe à bout de souffle.

Miltiades rompit le silence :

— Je suis fier de vous appeler mes camarades ! J'avais des doutes, mais vous formez une équipe formidable !

Le paladin se releva et s'inclina.

— Nous n'y serions pas arrivés sans toi, guerrier, intervint Ren. Je crois parler en notre nom à tous en disant que nous sommes fiers de te compter parmi nous.

— Sans ton anneau magique, ajouta Evaine, j'aurais pu perdre Gamaliel. Je ne te remercierai jamais assez de ta générosité.

— Nous n'avons pas encore déjeuné, soupira Andoralson, et déjà trois abishais en pièces... J'espère que le reste de la journée sera plus calme ! Gamaliel, si tu te sens d'attaque, je suis prêt à faire cuire *n'importe quoi* ! Je meurs de faim.

Le chat bondit sur ses pattes en un éclair, et disparut dans le sous-bois.

CHAPITRE XVII

LE BARDE BLANC

La tour maléfique trembla sur ses fondations. Sans la magie dont il regorgeait, l'édifice rouge sang se serait écroulé.

— Mes abishais ont été tués ! *Latenat* ! fulmina le démon, qui arpentait de long en large la plus haute pièce de la tour.

— *Tués* ? Comment as-tu pu laisser faire pareille chose ? s'étrangla Marcus.

— J'ignore ce qui s'est produit, leur essence a simplement disparu. Mais c'étaient *tes* gardiens ; leur sang retombera sur *ta* tête !

Le front luisant de sueur, le sorcier rétorqua :

— Me rendrais-tu responsable, par hasard ? Tu avais pour tâche de protéger ma tour et de me fournir les armées nécessaires pour conquérir Phlan ! Par ta faute, je suis allé d'échec en échec. Tu sais ce qui attend les serviteurs qui échouent...

Si son essence vitale n'avait pas été contrôlée par l'humain, le démon l'aurait écrasé en un battement de cils. Mais il avait déjà supporté trop d'indignités.

Il tourna en rond tandis que Marcus poursuivait sa diatribe qu'il écoutait d'une oreille. Il avait entendu tout cela mille fois. Le Sorcier Rouge prononça le nom du démon :

— A genoux, bête. Je veux te parler d'égal à égal.

L'horreur ailée fit encore un tour avant de s'arrêter face à l'humain. Le Sorcier resserra lentement sa prise autour du coeur du démon qui pulsait ; des gouttes de sang noir jaillirent.

Grognant de douleur, le démon tomba à genoux. Il foudroya du regard son bourreau :

— Que désires-tu de moi..., maître ?

— Changeons un instant de rôle : *je* protège la tour, *tu* utilises tes maigres pouvoirs pour forcer Phlan à se soumettre. Je vais appeler davantage de prêtres et de sorciers pour t'assister.

— Ce ne sera pas nécessaire, grogna Tanetal en se relevant péniblement. Je détruirai Phlan en deux jours.

La créature s'éclipsa en traînant les pieds ; le sorcier eut un rire arrogant.

— Nous verrons cela, vantard. Phlan risque de te donner une bonne leçon. Maintenant au travail : je vais préparer quelques tours de ma façon aux chiens qui ont détruit mes abishais...

*
* *

Dans une autre tour résonnaient également de sourds éclats de voix. Shal en prenait pour son grade :

— Tu n'aurais jamais dû attaquer ce mage dans ces conditions, Shal ! Tu as failli être tuée ! Si Céruléen n'avait pas eu la présence d'esprit de faire demi-tour et de te ramener à la tour, tu aurais connu une fin horrible !

La jeune femme n'eut pas la force de soulever sa tête de l'oreiller pour répondre ; elle était blanche comme un linge. Son époux avait eu recours à la force divine du Marteau sacré pour la guérir du mal et de la folie. Mais il ne pouvait pas *tout* soigner.

À son chevet, Célie passait un mouchoir humide sur son front.

— Ne me regarde pas avec cet air implorant, ma belle. Tu es enceinte de cinq mois, mais on dirait que tu es sur le point d'accoucher. Les efforts que tu fournis te coûtent trop. Le bébé n'arrête pas de bouger ; à mon avis, il ne restera plus enfermé dans le ventre de sa mère très longtemps !

Abattue, l'enchanteresse murmura :

— Si j'étais arrivée à tuer le Sorcier Rouge qui menait l'assaut, nos problèmes auraient été résolus...

Tarl lui caressa la joue :

— C'était une noble intention, mais pense à l'enfant, maintenant. Tu sais mieux que quiconque à quel point les sortilèges font vieillir. Ta grossesse s'en est trouvée accélérée. Et si le bébé décidait de brûler les étapes au moment où tu lévites dans les nues ? Je pourrais vous perdre tous les deux !

— Tu as raison. C'était folie que m'attaquer seule à ce sorcier. À l'avenir, je serai plus prudente.

— Repose-toi, mange un peu. (Il l'aida à se redresser et à s'adosser aux oreillers.) Les arbres maléfiques envoyés par Moander ont été anéantis. Il se passera quelque temps avant que le Sorcier Rouge réunisse une autre armée.

— Apporte-moi mon grimoire, je t'en prie. Je vais assez bien pour mémoriser des sorts. J'ai le sentiment que nous en aurons bientôt besoin. Si ce sorcier a un peu de cervelle, il va changer de tactique. Je dois me préparer.

— Pas de grimoire pour toi, jeune dame ! Si tu promets de te reposer aujourd'hui, tu l'auras demain matin. Nous avons besoin de toi en bonne santé. Surtout l'enfant à naître.

Il caressa le ventre arrondi de sa femme, et reçut un petit coup de pied, comme si le bébé approuvait sa décision.

— Célie, garde un œil sur elle. Si elle tente une folie, tu m'appelles. Deux prêtres attendent à la porte ; ils feront tout ce que tu leur diras. Je me rends au Conseil.

A l'instant où Tarl sortait, toutes les lumières magiques de la caverne s'éteignirent d'un coup. A l'exception des chandelles et des foyers qui rendaient encore une faible lueur, la grotte se trouva plongée dans les ténèbres totales.

Tarl jura. Les citadins étaient presque à court de vivres ; ils perdaient espoir. Pareille obscurité ne signifiait qu'une chose : une nouvelle attaque.

Combien de temps tiendraient-ils encore ?

*
* *

Le démon en colère survola la ville captive, savourant l'obscurité. Il aurait dû supprimer les lumières depuis des semaines.

— Quel imbécile, ce Marcus ! Abattre les murs et conquérir la ville sont deux choses bien différentes. Pour la détruire, il faut posséder ses habitants. Quand je tiendrai leurs âmes entre mes griffes, ils ouvriront leurs portes.

Il survola le centre de Phlan, jusqu'à un coin reculé de la caverne ; là, il se concentra pour créer une de ses meilleures illusions. Le démon se tordit, ses contours se brouillèrent...

... Apparut à sa place Latenat, le barde blanc.

C'était un homme d'âge moyen, à la courte barbe blanche, vêtu d'une toge immaculée. Sa voix était douce et mélodieuse, son attitude superbement calme. Seuls les yeux, par leur dur éclat métallique, trahissaient la vraie nature de l'entité. Mais croiser son regard serait difficile...

Il fit surgir du néant une petite embarcation blanche et s'installa à la poupe. Même si la magie la faisait avancer sur l'eau, il fit semblant de ramer.

Les gardes remarquèrent la barque à cinquante pas environ des portes sud ; ils avaient allumé des foyers pour éclairer le périmètre. Ils donnèrent l'alarme, mais laissèrent approcher l'inconnu.

Une escouade de soldats l'attendait de pied ferme.

— D'où viens-tu au juste, l'ami ? lança le doyen des gardes.

— Je suis le barde blanc, Latenat. Les dieux m'envoient pour conduire le peuple de Phlan vers la liberté.

— Et moi je suis la reine de Cormyr, riposta le garde, railleur, envoyé par les dieux pour couler ta barque ! Tu as une preuve ?

— La preuve se trouve dans mes chants. Si vous permettez, je vais chanter pour vous.

— Aucune loi n'interdit de chanter, que je sache, mais tu as intérêt à ne pas faire de fausses notes, si tu ne veux pas qu'on te fasse manger ton instrument !

Avec un sourire serein, le barde accorda son luth, et commença :

Je chante en l'honneur de Phlan
La ville que je viens libérer
Je chante l'espoir pour ses habitants
Le peuple que je vais délivrer.

Couplet après couplet, les gardes vinrent, toujours plus nombreux pour écouter le chant. L'enchantement déployait ses ailes sur les quais, capturant l'oreille de tous les humains.

La ballade emplissait de nostalgie l'auditoire du démon. Les défenseurs, épuisés, étaient d'autant plus réceptifs à son message insidieux.

Sans arrêt, le jour et la nuit qui suivit, le mystérieux barde chanta de sa voix mélodieuse qui jamais ne faiblissait. Allant d'auberges en manoirs, il ne demandait aucun paiement. Partout où il passait se formaient de grands attroupements, subjugués par le chant fascinant.

Son message ne variait pas. De ses accents mélodieux, le barde incitait les gens à s'enfuir d'une ville maudite tant qu'ils le pouvaient encore. Si une poignée demeura récalcitrante, la plupart commencèrent à empaqueter leurs biens, convaincus du bien-fondé de la suggestion. Ils étaient prisonniers depuis bien trop longtemps. La majorité ne savait que penser, mais tout était préférable à une attente insupportable.

La ruse de Tanetal fut couronnée de succès. Les notes de son chant s'ancrèrent dans les esprits malléables et vulnérables.

L'héroïque résistance de Phlan commençait à se craqueler.

CHAPITRE XVIII

UN SECRET DU PASSÉ

La lumière blafarde qui filtrait des nuées annonçait que midi approchait. Pour les voyageurs épuisés, cela aurait tout aussi bien pu être minuit. Le combat contre les abishais les avait anéantis. Même Gamaliel, sous sa forme humaine, se tenait en selle, plutôt que de courir en tête sous sa forme féline. Seul Miltiades, toujours énergique, n'accusait pas la fatigue.

Les cavaliers débouchèrent sur une nouvelle clairière - un océan de racines grisâtres et cassantes. La végétation morte craquait sous les sabots des chevaux.

En atteignant le centre, Ren lança un cri d'alarme : une silhouette noire aux énormes serres s'abattit sur Evaine. La sorcière se plaqua juste à temps contre le cou de sa monture ; les griffes la frôlèrent. La créature remonta, se préparant à piquer de nouveau sous un autre angle.

— Maîtresse ! s'écria Gamaliel. Ce n'est pas réel ! C'est une illusion !

Le monstre visa Ren qui avait dégainé son épée. Le ranger attaqua courageusement la créature, mais manqua son coup. Les serres cinglèrent son épaule et lacérèrent sa cotte de mailles et ses muscles, lui arrachant un cri de douleur.

Miltiades accourut vers lui :

— Ferme les yeux ! Ce que tu vois n'est pas un abishai, et ne peut pas te blesser !

Ren s'empara de ses dagues, prêt à les propulser sur la bête qui tournoyait au-dessus d'eux.

Elle fondit sur Andoralson qui brandit son bouclier de chêne.

Ren visa ; le paladin lui agrippa le poignet et l'empêcha de lancer.

L'immense démon s'écrasa contre le bouclier ; au lieu d'un grand bruit suivi de crissements de griffes, il n'y eut que le silence. L'apparition s'évanouit dans une brume noirâtre.

— Par les Neuf Enfers ! jura le ranger.

Andoralson vint soigner son épaule.

— Comment saviez-vous que ce n'était qu'une vision ? voulut savoir Ren.

— Gamaliel s'en est aperçu le premier, répondit Evaine. La bête n'avait pas une odeur d'abishai. Souviens-toi : les trois autres empestaient le soufre.

Ren se tourna vers Miltiades :

— Mes yeux morts ne peuvent plus être abusés par un mirage, répondit le paladin à son interrogation muette. Je n'ai vu que l'ombre d'un démon.

— Et toi, druide ? s'irrita le ranger.

— Les illusions d'optique sont ma spécialité. J'ai *vu* que cette apparition n'avait rien de réel, dès que Gamaliel nous a avertis.

— Si cet escogriffe n'avait rien de réel, s'emporta Ren, j'aimerais qu'on m'explique pourquoi ses griffes me font aussi mal ! Aïe !

Il foudroya Andoralson du regard, occupé à le

soigner.

— Quand tu *crois* qu'une illusion est réelle, expliqua la sorcière, tu crois aussi, logiquement, aux conséquences de ce que tu vois. La théorie des phénomènes surnaturels est parfois très complexe.

— Autrement dit, j'aurais pu mourir des griffes d'une illusion ?

— J'en ai peur. C'est arrivé plus d'une fois.

— Pourquoi la bête s'est-elle évaporée au contact du bouclier ?

— Il s'agissait du bouclier de chêne que Miltiades m'a donné, intervint Andoralson. Il repousse par magie les flèches et toutes sortes d'agressions ; j'ai tenté ma chance contre l'abishai. J'ai été verni !

— De la chance ? le réprimanda Miltiades d'une voix sévère. Tu ferais mieux de remercier Tyr à qui tu dois la vie.

Penaud, le druide hocha la tête.

— Ne traînons pas. Nous avons encore du chemin à faire, reprit Gamaliel.

— Marcus sait que nous arrivons, à ce qu'il semble. Ce devait être sa conception d'un accueil chaleureux.

Miltiades ouvrit de nouveau la marche.

Ren n'était guère heureux. Son épaule lui faisait toujours mal.

— Vous avez tous un sixième sens. A l'avenir, faites-moi signe quand nous croiserons d'autres créatures de ce genre, soupira-t-il.

Plus tard, Evaine aborda un sujet qui la concernait :

— Andoralson, pourrais-tu nous dire quelle magie tu utilises ?

— Je voulais que nous approchions la tour rouge le plus discrètement possible.

— Je comprends. Mes propres sorts de protection sont à l'œuvre. Mais lesquels utilises-tu pour nous ?

— La vérité est assez embarrassante... Mais puisque tu insistes, j'ai créé une illusion ; nous avons l'apparence d'une harde de cochons sauvages !

Une fois la surprise passée, ses compagnons le félicitèrent de sa trouvaille. « Déguisés » de la sorte, ils ne risquaient guère d'attirer l'attention.

Les aventuriers chevauchèrent jusqu'à la fin du jour ; puis ils campèrent. Malgré leur fatigue, l'excitation les tenait éveillés. Ils devraient parvenir à la tour rouge le jour suivant.

Leur dîner achevé, ils se préparèrent pour la nuit. Ren et Miltiades réparèrent leurs armures de leur mieux, et fourbirent leurs armes. Gamaliel briqua son épée. Evaine et Andoralson s'absorbèrent dans l'examen des composants de leurs sorts, et protégèrent le camp contre toute attaque nocturne.

Ren tira ses dagues, qui ne manquèrent pas d'intriguer le paladin. Miltiades admira leur équilibre :

— Il y a mille ans, personne ne savait créer d'aussi belles armes. Les forgerons et les armuriers passaient leur temps à améliorer la qualité des grandes lames, telles que les épées ou les lances.

Ren en profita pour vanter les mérites de ses petites chéries :

— Entre les mains d'un expert, ces dagues, qui m'ont sauvé la vie tant de fois, sont plus efficaces qu'une épée. Si nous survivons à demain, je serais heureux de t'apprendre l'art de les lancer.

— Rien ne me plairait davantage, Ren, mais demain, quoi qu'il advienne, je regagnerai ma sépulture pour l'éternité. Certains morts-vivants savent parfois quand leur « dernière heure » est venue. Si nous l'emportons demain, je goûterai au repos éternel, dans la paix et l'honneur. Si nous échouons, je reposerai en terre impie, privé de la grâce de mon dieu.

— Un instant ! intervint Evaine, surprise. Tu sais déjà que tu vas... cesser d'exister... quoi que tu fasses ?

— Exact. Mais que cela ne t'afflige pas. Je suis privilégié d'avoir eu une seconde chance. J'espère pouvoir accomplir ma mission dans le peu de temps qu'il me reste.

Le silence suivit cette déclaration. Le guerrier loyal venu d'outre-tombe était devenu un ami et un allié.

— Eh bien, Miltiades, murmura enfin le ranger, tu as été un bon compagnon. Si nous avons notre mot à dire, nous pourrons témoigner que tu as servi avec courage et honneur.

— Je suis heureux de vous avoir pour frères d'armes, répondit-il. Les dieux vous sourient.

Le sommeil fut dur à venir ; la tour rouge était dans toutes les pensées. Ren se faisait du souci pour ses amis disparus. Evaine s'efforçait de se concentrer sur la Fontaine de Ténèbres. Miltiades et Andoralson priaient. Même Gamaliel, sensible à l'agitation de ses compagnons, dormit de façon sporadique.

Vers minuit, alors qu'ils sommeillaient, une voix caverneuse éclata dans l'atmosphère lourde de menaces :

— Eh bien, mes jolis petits cochons ! Me rendrez-vous visite demain ?

Tout le monde bondit ; un horrible faciès grimaçant, composé de flammes écarlates, se matérialisa dans la nuit.

— Contemplez votre seigneur et maître, misérables vermisseaux ! Je suis Marcus, Sorcier Rouge de Thay. Vous êtes d'une bravoure exceptionnelle pour venir piétiner mes plates-bandes, ou alors d'une stupidité incommensurable ! Osez approcher ma tour, et voyez où vous mènera votre ineptie. Je vous prépare un bel accueil, mes cochons roses !

La vision disparut aussi vite qu'elle était apparue. Gamaliel arpenta le périmètre, la queue et le museau dressés, à la recherche d'un intrus.

— Les sorciers de Thay sont bien connus pour leur prédilection marquée pour les sortilèges de feu, expliqua Evaine. Le fait intéressant, dans ce sort somme toute banal, c'est qu'il l'ait lancé d'aussi loin. Ce n'est ni normal, ni facile. Inutile de compter sur l'élément de surprise en tout cas.

Ren questionna Evaine sur les Sorciers Rouges de Thay. Elle expliqua qu'il s'agissait d'êtres égocentriques, arrogants et uniquement intéressés par les gains matériels. Leurs idées fixes et leur convoitise les rendaient très dangereux. Ils ne laissaient rien ni personne se mettre en travers de leur chemin ; ils avaient à leur disposition de formidables sortilèges.

Ren alla sortir de ses sacoches une variété de flacons et de fioles contenus dans une boîte de métal :

— Je pense que ceci pourrait nous être utile : ces réceptacles proviennent de l'antre d'un dragon, sans doute arrachés à quelque mage malchanceux. Je les ai utilisés avec parcimonie ces dix dernières années, mais leurs pouvoirs restent entiers - je m'en suis assuré en consultant des spécialistes. Il y a également un parchemin de protection contre le feu que Miltiades pourra déclencher à notre arrivée à la tour. C'est extrêmement efficace. Partageons les fioles : celles de couleur ambre sont des potions de guérison, aussi rapides que des incantations. Les flacons rouges sont des potions de résistance au feu, mais leur protection est passagère. Mieux vaut les boire au moment où on en a réellement besoin, pas avant. Mais vous serez à l'abri du feu et des émanations magiques.

Ses compagnons prirent les fioles et les rangèrent soigneusement ; ces potions pouvaient faire toute la différence entre la vie et la mort.

L'air intrigué, Ren contempla la sorcière à la lueur des flammes :

— Evaine, chacun de nous a expliqué aux autres ses raisons de combattre le Sorcier Rouge, mais toi, tu as toujours éludé le sujet. Nous avons tout notre temps : pourquoi ne pas nous conter ton histoire ?

Elle pâlit, puis poussa un profond soupir.

— Je n'ai pas coutume d'exposer les motifs de mes actes. Mais nous avons traversé beaucoup d'épreuves ensemble... Je suis sorcière depuis plus longtemps que vous le soupçonnez. Les gens me donnent une trentaine d'années. En réalité, je suis beaucoup plus vieille.

« J'eus autrefois des pouvoirs inouïs. J'ai consacré ma vie à rechercher des grimoires, des objets magiques et des créatures de légende dont je pourrais tirer profit. Tout ce qui m'importait, c'était accroître ma puissance. Si on voulait louer mes services, il fallait ouvrir *largement* les cordons de sa bourse.

« Quand j'entendis parler des Fontaines de Lumière et de Ténèbres, j'imaginais, dans mon arrogance et mon étroitesse d'esprit, être capable de drainer leurs énergies à mon avantage. Dans ma stupide fierté, j'ai traité par le mépris les avertissements de mes confrères les plus sages.

« J'ai recueilli un peu d'eau d'une Fontaine de Lumière, sans me douter qu'elle avait commencé à se transformer en Fontaine de Ténèbres. Le liquide instable a anéanti mes expériences, avec de terribles effets secondaires. L'explosion a détruit mon laboratoire et m'a laissée quatre jours sans connaissance. A mon réveil, j'ai découvert que j'avais régressé de *cinquante* ans. J'étais redevenue une jeune femme de vingt ans... Il m'a fallu *tout* réapprendre.

« Au fil des ans, des bribes de mémoire me sont revenues, tandis que je voyageais et étudiais sans relâche. Je m'efforce encore de retrouver mes anciens talents, même si je ne suis plus motivée par la convoitise et l'appât du gain. Je recueille le plus d'informations possible pour augmenter mes pouvoirs occultes et détruire ces eaux souillées. De telles abominations ne devraient pas exister. »

Andoralson se décida à poser la question qui lui brûlait les lèvres :

— Essaies-tu de nous dire que tu as cent ans ?

— C'est exact, sourit-elle, embarrassée. J'avais soixante-dix-huit ans quand cette catastrophe m'est arrivée, et je pense avoir régressé à l'âge de vingt ans. Il y a quatorze ans de cela. (Andoralson eut l'air chagriné ; elle lui prit la main affectueusement.) Ne sois pas triste pour moi. J'ai connu l'amertume et la colère, mais j'ai fini par accepter mon sort. Cet épisode a donné à ma vie un sens qu'elle n'avait jamais eu, et je suis plus déterminée que jamais à vaincre les suppôts du Mal et de la Désolation. Si j'ai énormément souffert, j'ai aussi beaucoup gagné. Qui peut se vanter de recommencer sa vie ?

« Voilà toute l'histoire ; ce n'est pas un minable petit sorcier et sa bête des Neuf Enfers qui m'arrêteront ! »

CHAPITRE XIX

SUBTILE ATTAQUE

Nul citadin n'aurait pu dire combien d'attaques la ville avait subi depuis son incroyable enlèvement.

Phlan était menacée une fois de plus.

Mais personne ne s'en rendit compte.

Quand les lumières moururent, la cité fut de nouveau en alerte, tous les gardes à leur poste, accompagnés des thaumaturges et des prêtres, leurs sortilèges les plus puissants au bout des doigts. Volets clos, portes barricadées, la ville entière attendait.

Dans les rues sombres et silencieuses s'éleva une voix : un barde connu sous le nom de Latenat apportait un message d'espoir et de paix aux citoyens plongés dans la détresse. Il marchait le long des avenues et des routes. Des ménagères se mirent à faire leur baluchon et à habiller leurs enfants pour un long voyage. La fin de leur incarcération était arrivée. Le barde allait leur montrer le chemin de la liberté, loin de cette hideuse caverne.

Des groupes de gens emplis d'espérance commencèrent à se former dans les rues ; on encourageait les indécis à suivre le barde.

Des bribes de chanson s'entendaient par-dessus les conversations enthousiastes. Le tumulte empira.

Des capitaines de la garde, affolés, dépêchèrent des dizaines d'hommes pour faire rentrer les citadins chez eux ; ils s'exposaient et prenaient des risques insensés. De plus, le vacarme couvrirait l'approche de l'ennemi. Dans les ténèbres, une ouïe aiguisée était le seul moyen de ne pas se laisser surprendre.

Mais les guerriers envoyés pour remettre de l'ordre furent à leur tour pris au piège et ne servirent qu'à augmenter le chaos. Oubliant leur mission, ils coururent chez eux prendre leurs affaires pour rejoindre leur famille sur le chemin de l'exode.

Les soldats suivants firent la même chose, tandis que les remparts perdaient de nouveaux défenseurs.

L'infatigable poète continuait de délivrer son message de rédemption et de paix. Personne ne remarqua qu'il avait chanté vingt-quatre heures d'affilée.

Peu à peu, le phénomène vida les murailles de leurs soldats.

Le glorieux aède finit par donner le signal du départ à la foule qui le suivait, suspendue à ses lèvres. Les citoyens envoûtés affluèrent aux Portes de la Mort, chantant et dansant de joie.

Quand les gardes refusèrent d'ouvrir les portes, le chant infernal s'éleva de nouveau pour les ensorceler.

Soudain, la mélodie mourut.

Une voix intransigeante ordonna que les portes restent fermées. Tarl, le Marteau de guerre de Tyr en main, se campa devant le rassemblement. S'il s'efforçait de rester calme, sa colère était manifeste.

Près de lui, Shal était drapée dans un grand manteau pourpre - et protégée par de puissants champs de force. Elle était flanquée de six autres sorciers.

Dos tourné aux célèbres époux, le barde harangua

les gens :

— Noble peuple de Phlan, vos fameux champions sont là pour vous guider et vous protéger. Remercions-les de leur vaillance !

Des clameurs assourdissantes éclatèrent.

Shal eut recours à la magie pour déterminer qui était l'inconnu. Mais sa tentative se solda par un échec.

— Nobles seigneurs, il est merveilleux que vous vous joignez à nous, qui sommes en route vers la liberté, railla Tanetal.

Mais son charme surnaturel n'agit pas sur Tarl, Shal et les sorciers.

— Noble barde, nous n'avons pas été présentés. Mon nom est Tarl ; je représente le Conseil de Phlan. J'aimerais savoir pourquoi tu as amené mon peuple ici.

Riant de bon cœur, Tanetal répondit de sa voix sirupeuse :

— Tarl, frère, cher ami..., je suis le barde Latenat ! Les dieux de la Fortune m'ont envoyé pour délivrer ces gens ! (Il s'adressa une nouvelle fois à la foule rassemblée :) Le merveilleux peuple de Phlan doit être libéré de cette caverne et des dangers qu'elle cache. Vous devez retrouver les rayons du soleil et cultiver les champs que les dieux vous ont offerts.

Le chant d'espoir fut repris en chœur. Tarl dut s'époumoner pour se faire entendre :

— Je veux aussi votre sécurité et votre bien ! Mais quitter ces murs ne vous mettra pas à l'abri des monstres qui n'ont cessé de nous harceler depuis des mois ! Vous courez à une mort certaine !

— Chanterons-nous pour répondre à Tarl ? demanda l'inconnu à la foule.

— Une chanson, une chanson ! scanda-t-elle.

Luth en main, le démon s'adressa au prêtre :

Noble et intrépide était un valeureux prêtre
Sa cité et son peuple derrière lui.
Ils luttèrent et combattirent
Mais jamais ne vainquirent la bête.
  Aussi Tarl les mena-t-il
  En terre nouvelle.

Tanetal inventa les exploits épiques de Tarl avec des accents si persuasifs que le champion de Tyr lui-même sentit le doute le gagner... Et si l'heure était venue de quitter une ville oubliée des dieux ?

Il faut intervenir maintenant ou tout est perdu, se dit Shal.

— Tarl, mon cher époux ! Entends ma voix et nulle autre ! Ne chante plus, barde, ordonna-t-elle au démon, car personne ne sortira de cette ville !

Elle lévita. Tout le monde l'avait vue, au fil des combats, utiliser de formidables pouvoirs contre l'ennemi, qu'il fût humain ou non. Il ne faisait aucun doute qu'elle pouvait les réduire en cendres, s'il lui en prenait la fantaisie.

— Viens à la lumière de la vérité, barde...

Main levée, elle darda sur lui une vapeur violette, qui là encore n'eut aucun effet.

— Je peux te rejoindre par mes propres moyens, si c'est ce que tu désires, ma chère.

Il pinça les cordes de son luth : elles se détachèrent pour former un escalier d'argent suspendu dans les airs. Latenat rejoignit la sorcière sous les applaudissements nourris des citoyens, charmés de les voir réunis. Shal dissimula sa surprise.

La foule se calma et fit silence. Les portes ne tarderaient plus à s'ouvrir sur une nouvelle vie.

— Douce enfant, ton mari est prêt à me rejoindre. Prends exemple sur les autres épouses de la ville. Sois une bonne petite femme.

Son attitude condescendante mit Shal hors d'elle.

— Tes suggestions et tes tours ne prennent pas avec moi ! On peut bavarder, ou on peut se battre.

— Belle dame, loin de moi l'idée de me battre contre *toi*. Si la voix de la raison ne suffit pas, je peux abandonner ces malheureux à leur destin. Peut-être leur est-il indifférent, après tout, de finir leurs jours dans ce trou à rats...

La foule s'agita ; des murmures mécontents s'élevèrent.

— Je désire simplement... Aaaargh !

Il tomba brutalement à genoux, mains crispées sur la poitrine. Son luth s'écrasa à terre où il se brisa en mille morceaux. Shal écarquilla les yeux ; personne n'avait usé de magie contre le mystérieux visiteur. Quel nouvel artifice était-ce là ?

— Non ! Pas maintenant !

Se tordant de douleur, le barde se métamorphosa en un démon des crevasses. Ses ailes de chauve-souris battirent follement contre l'escalier magique ; de grandes serres griffèrent et tranchèrent l'air tandis que le monstre feulait de rage et de souffrance.

La créature qui avait été le fantastique barde Latenat s'évanouit en ronds de fumée... Les enfants hurlèrent d'épouvante. Les citoyens qui, un instant plus tôt, l'adoraient et étaient prêts à le suivre en restèrent révulsés d'horreur. La terreur leur arracha des larmes ; il s'en était fallu d'un cheveu...

Tarl se ressaisit et serra sa femme dans ses bras. Soulagée, elle s'abandonna contre lui. Le prêtre reprit la parole :

— Bonnes gens, les démons ont failli réussir à nous faire quitter notre refuge. Cette misérable grotte, nous ne l'avons que trop supportée. Il est temps d'abandonner ces murs et de sauver nos vies. Nos vivres sont pratiquement épuisés. Rapportez vos biens chez vous et prenez vos armes. Allons, il faut se remettre en route et récrire l'histoire de Phlan !

La foule explosa de joie ; les citadins s'exécutèrent, portés par un nouvel espoir.

Encore secoué par la catastrophe qu'ils venaient de frôler, Tarl souleva sa femme dans ses bras et la porta chez eux, dans la tour de Denlor.

CHAPITRE XX

L'APPEL DE LA FONTAINE

Les aventuriers se réveillèrent sous un ciel plus morose encore que les jours précédents.

Ren regarda la sorcière brosser soigneusement ses longs cheveux, comme chaque matin depuis qu'il la connaissait. Au premier regard, sa chevelure paraissait brune ; vue de plus près, elle avait de chauds reflets roux. Le ranger se dit que cela reflétait précisément sa personnalité : un comportement subtil, le feu qui couvait sous la cendre...

Il se leva et vérifia son équipement. Son manteau magique rendait sa silhouette indistincte, et contribuait à décontenancer l'ennemi. Ses nombreuses dagues étaient en place ; son immense épée serait son meilleur atout dans les heures à venir.

Miltiades et sa monture d'ivoire étaient prêts, comme toujours. Il adressa de ferventes prières à son dieu, non pour gagner du courage, mais pour montrer qu'il acceptait son destin. Il était las d'attendre le signal de Tyr ; il lui tardait de goûter au repos et à la paix éternels. Le paladin mort-vivant fit une dernière fois serment de prouver sa valeur et son dévouement :

— Tyr, ton fils te remercie de tes grâces. Mon âme t'appartient. Sache que ce jour verra la gloire de ton nom. Ma victoire sera tienne, la défaite, ma faute pleine et entière. Accepte les efforts de ton humble serviteur comme témoignage de sa dévotion.

Ses compagnons achevaient leurs préparatifs. Une dernière fois, Evaine et Andoralson recensèrent leurs ingrédients. Le druide s'abîma en prières. Assise en tailleur, Evaine commença un rituel de méditation qui l'aiderait à concentrer ses facultés magiques.

Andoralson planta un ultime cercle de chênes, sachant que ce serait peut-être sa dernière chance d'apporter un peu d'espoir au monde. Les dix-neuf autres cercles de chênes grandissaient et se fortifiaient. Même s'il disparaissait, le druide laisserait un héritage de paix.

Gamaliel faisait un dernier tour du campement, les sens en alerte. Il informa sa maîtresse qu'il sentait la présence de quantité de créatures démoniaques.

Mentalement et physiquement, Evaine était préparée à la confrontation finale. L'angoisse la tenaillait pourtant. Les Fontaines de Ténèbres étaient imprévisibles par nature. Ce qui était capable de détruire l'une pouvait être inoffensif contre l'autre. Mais sa haine des eaux maléfiques était assez forte pour oblitérer sa nervosité et stimuler sa détermination.

La sorcière réfléchit au problème que posait le démon des crevasses. C'était la première fois qu'elle affrontait une créature de cette espèce. Elles étaient renommées pour leur puissance et leur résistance à la magie. Evaine prit quatre grands dards contenus dans un réceptacle d'argent. Ils avaient été taillés dans des griffes de dragon. Elle vérifia qu'ils étaient bien enduits d'une substance brunâtre.

— Ren, sais-tu lancer le poignard ?

— J'en ai utilisé plusieurs sortes, oui. En règle générale, ma préférence va à l'arc. Pourquoi cette question ?

— Le démon que nous devrons affronter sera sans doute insensible aux attaques magiques. Voici quatre dards taillés dans des griffes de dragon ; la sève dont ils sont enduits provoque la paralysie. Leur pointe est plus dure que l'acier trempé. J'aimerais que tu en prennes un au cas où tu aurais une chance d'atteindre notre ennemi. Cela pourrait l'affaiblir et permettre à mes sorts de faire mouche.

Le ranger l'ignora, et monta en selle. Sans lui faire l'honneur de la regarder en face, il répondit d'un ton indigné :

— Tu parles de poison, ce n'est pas dans ma façon d'agir.

Evaine répondit d'une voix aussi tendue :

— Je parle d'utiliser du poison contre un démon des crevasses, un démon des Neuf Enfers, pas quelque ivrogne braillard dans une taverne. Nous ne pouvons pas nous permettre de négliger une arme. Si tu réussis à le toucher, cela pourrait décider de la victoire ou de la défaite.

Au bout d'un moment, Ren lui prit le dard des mains ; il était bien équilibré et tranchant comme une lame de rasoir. Le souvenir de Tarl et de Shal lui souffla qu'il faisait ce qu'il fallait.

Evaine et Andoralson se hissèrent à leur tour en selle, imités par Gamaliel, redevenu un barbare, pour économiser ses forces.

Les émanations maléfiques de la tour rouge agissaient comme un aimant sur le groupe, l'attirant inexorablement vers son destin.

*
* *

Une heure de cheval les mena vers un promontoire escarpé. Au loin, on distinguait la tour du sorcier, cernée de lourdes formations nuageuses. Un cyclone de feu, en guise de tapis rouge, fondit à toute allure sur le groupe.

— Un élémental de feu ! s'écria Miltiades. Redescendez vite la colline, je m'en occupe !

Il empoigna son épée, s'apprêtant à lancer sa monture au galop.

— Tu ne feras rien de la sorte ! coupa Evaine. Ton idée est noble, mais suicidaire ! Nous remporterons la victoire à une condition, et une seule : ne jamais nous séparer. Il est hors de question de laisser les chiens de Marcus nous tuer les uns après les autres.

Andoralson intervint à son tour :

— Les nuages vont nous aider. Préparez-vous à combattre, mais attendez de voir si mon sortilège a des effets.

Le druide entonna une incantation, broyant des baies dans sa paume. La foudre s'écrasa à l'instant où la colonne de feu parvenait au sommet de la colline. Le ciel se déchira ; des trombes d'eau se déversèrent. Une vapeur titanesque entoura la créature de feu. Andoralson continua son chant : un éclair balaya le cône de flammes. Le monstre chancela sous l'assaut des éléments. Mais cela ne l'arrêta pas. Trois éclairs successifs le foudroyèrent. Alors l'entité fut noyée sous des rafales de pluie. La dernière langue de feu disparut.

Ren cria de joie en la voyant mourir dans la boue. Les compagnons s'abritèrent sous des arbres ; Evaine en profita pour les rendre invisibles. Puis ils se remirent en route.

Approchant de la tour rouge, la sorcière fit remarquer que l'édifice manquait singulièrement de portes... Mais quatre sentiers où l'herbe avait été piétinée trahissaient l'emplacement d'entrées secrètes. Même sous sa forme humaine, Gamaliel était capable de discerner des odeurs d'hommes ou de monstres. Un simple enchantement leur révéla l'emplacement de grandes portes dorées. Evaine s'attela à crocheter les serrures bloquées par magie.

A trois reprises, la porte fut nimbée de jade, sans pour autant accepter de s'ouvrir. Ren n'eut pas plus de succès avec ses rossignols.

— Reculez tous, demanda-t-il. J'ai une idée.

Il remonta sur Filou et prit du recul avant de lancer le cheval au triple galop. La bête se cabra au dernier instant et abattit ses sabots sur la porte avec une violence inouïe.

Elle se fracassa, écrasant sous ses débris les quatre mercenaires postés derrière.

Toujours invisible, Miltiades prit la tête du groupe en compagnie de Ren. Un grand corridor bondé de squelettes s'étendait devant eux. L'odeur de renfermé, typique des tombes antiques, les asphyxia presque ; les deux cavaliers foncèrent dans la masse grouillante, abattant une grêle de coups sur la soldatesque infernale. Les parades des squelettes se heurtèrent aux protections magiques des intrus.

Le ranger et le paladin eurent tôt fait de se débarrasser de la centaine de morts-vivants qui constituaient les forces les plus vulnérables de l'armée de Marcus.

L'attaque des deux compagnons dissipa leur invisibilité, mais le sortilège avait tout de même permis au groupe d'atteindre la tour. Evaine, Gamaliel, Andoralson et leurs montures restaient invisibles.

Quand la sorcière franchit le seuil, elle fut auréolée de vert.

— Ce n'est pas fermé, chuchota-t-elle. Il y a une énorme pièce devant nous. Je ne détecte pas de mouvements, mais il pourrait y avoir des créatures...

Ren et Miltiades entrèrent les premiers ; tous s'arrêtèrent à la vision d'un sorcier de quatre mètres et demi de haut, en robe rouge, qui les toisait de sa hauteur.

— Vous voici enfin ! grinça la voix caverneuse. Quel dommage que mes gardes n'aient pas fait le poids. Voyons, que diriez-vous d'un...

— *Sanddunarum* ! hurla Evaine d'une voix stridente.

Une brume couleur émeraude se diffusa autour d'elle, enveloppa la projection géante de l'ennemi, puis éclata en millions de fragments de couleur jade. Les compagnons plongèrent à terre. Quand ils osèrent relever la tête, le sorcier avait disparu.

— Que les dieux soient damnés ! fulmina le vrai Marcus, enragé de voir son piège magique anéanti.

Les aventuriers tournèrent la tête dans la direction d'où venait la voix. Le mage se cachait dans une alcôve, derrière eux.

— Eh bien, mes braves compères, les nargua-t-il. Venez me rejoindre à l'étage... si vous l'osez !

Il s'envola par un escalier dérobé, ses éclats de rire résonnant derrière lui.

Des panneaux entiers de murs se brouillèrent et s'évanouirent en fumée, révélant des masses de zombies et de squelettes.

Intrépide, Miltiades se lança à l'attaque. Les lames s'écrasèrent et crissèrent contre les os, tandis qu'Andoralson lançait des sortilèges qui réduisirent en cendres des vagues entières de zombies. L'attaque le rendit de nouveau visible.

Au moment où Ren s'apprêtait à poursuivre le sorcier à l'étage, Evaine lui cria un avertissement :

— La Fontaine est cachée dans les souterrains ! Si nous montons, nous allons tomber dans les pièges de Marcus. Il faut l'ignorer pour le moment. Détruire la

Fontaine peut entraîner sa perte.

Sautant de cheval, elle supprima le sortilège qui la rendait invisible, pour que Ren la localise sans peine.

Le ranger détestait laisser des ennemis derrière lui, mais le druide et le paladin étaient des combattants de valeur. Zombies et squelettes désarticulés s'entassaient par dizaines sur leur passage. Hochant la tête, il prit un autre escalier, poursuivi par les éclats de métal, les cris des mourants, les psalmodies du druide et le chant guerrier de Miltiades.

Les marches en colimaçon, grandes et hautes, étaient parfaites pour des affrontements. Au détour de l'escalier, Ren et Evaine découvrirent un nouveau défi.

Une immense créature bardée de plaques leur barrait le chemin : de forme humanoïde, sa carcasse supportait une ignoble tête de lézard. Le monstre brandissait un trident :

— Vermine humaine, la magie et le fer ne peuvent rien contre moi ! Nul ne peut me terrasser au combat ! Choisis ton destin : mourir maintenant en luttant, ou t'incliner et te mettre à mon service.

Ren hésita, empoignant son épée. Un rayon vert fusa à quelques centimètres de sa tête : la créature reptilienne se décomposa en fluides visqueux et en plaques nauséabondes. Souriante, Evaine se matérialisa derrière le ranger :

— Cette stupide bête a cru que tu étais seul. Ces monstres ont un point commun avec les colporteurs - leurs boniments sont toujours meilleurs que ce qu'ils ont à vendre ! Allons, en route.

La sorcière se remit à descendre l'escalier. Au détour d'une spirale, ils se heurtèrent à une nouvelle créature reptilienne, qui leur tint le même discours. Evaine bâilla. Ren se précipita, épée haute, mais Gamaliel surgit à cet instant et bondit. Ses puissantes griffes eurent tôt fait d'arracher son dernier souffle de vie au monstre.

Le familier releva fièrement la tête :

— *Je me suis transformé en chat quand le balourd s'est vanté de ses pouvoirs. Celui-là a vraiment mauvais goût !* (A quelques marches de là, l'escalier s'ouvrait sur une arche menant à une pièce obscure.) *Nous y sommes, maîtresse. La Fontaine se trouve là. Je vois sa nocive luminosité.*

Evaine tira d'une bourse des pièces brillantes qu'elle lança aux quatre coins de la salle. A l'instant où les pièces cliquetèrent en touchant le sol, la lumière éclata... Devant leurs yeux apparut la Fontaine de Ténèbres.

Evaine et Ren avancèrent à pas de loup, suivis de Gamaliel, le poil hérissé.

— C'est la même forme, observa Ren. Le croissant brisé dont je me rappelle. Mais c'était de l'eau claire, il y a dix ans. Je ne veux pas savoir ce qu'est cette mélasse !

Il contourna le phénomène avec prudence. Le fluide luisant, d'aspect huileux, semblait repoussé par la lumière.

— Vous voyez les petites dentelures, là, près du bord ? La dernière fois, il y avait des pierres *ioun* nichées à ces endroits. A présent, elles contiennent le même liquide noirâtre.

Il soupira à la pensée des combats livrés par Shal, Tarl et lui-même contre des centaines de monstres. Il aurait voulu que ses amis soient là. Les savoir en vie aurait suffi à le rendre heureux.

Evaine reprit sa sacoche :

— J'ai besoin de cinq minutes de calme pour préparer mon sortilège et détruire la Fontaine. Assure-toi que rien ni personne ne vient me perturber.

Elle prit le brasero ensorcelé que lui avait fourni Miltiades, et retint son souffle en ôtant la capsule.

La flamme se ralluma de nouveau. Elle disposa une demi-douzaine de fioles scintillantes devant elle, puis se concentra.

Secondé par Gamaliel, le ranger passa le temps en sondant les parois à la recherche de passages secrets. Mais ils ne trouvèrent rien. Pour finir, Ren se posta près de l'entrée, ses dagues prêtes à frapper. Gamaliel choisit l'emplacement opposé.

Evaine se concentrait depuis deux minutes quand l'écho de pas précipités se fit entendre dans l'escalier. Lames et griffes dehors, les deux guerriers furent soulagés de voir surgir Miltiades et Andoralson, qu'ils se hâtèrent de prévenir.

Le paladin sortit son parchemin de protection contre le feu.

A l'opposé de la Fontaine, Marcus se matérialisa dans des volutes cramoisies :

— Trop tard ! Votre amie ne détruira rien aujourd'hui, si ce n'est elle-même.

Levant la main, il vaporisa une gerbe d'étincelles rouge sang sur les trois compagnons.

Ren et Gamaliel bondirent entre l'énergie mortelle et Evaine ; d'une simple torsion de main, Andoralson dévia le flux vers la Fontaine du Mal. Les eaux mystiques bouillonnèrent...

Miltiades avança sur Marcus, un chant à la gloire de Tyr aux lèvres.

Le Sorcier Rouge sous-estima les possibilités du groupe qui le défiait. Il envoya une boule de feu et des toiles gluantes sur le paladin. Le guerrier traversa les flammes et taillada les fils de la toile de son épée. Un serpent de près de cinq mètres ondula vers Miltiades et l'étreignit avant qu'il ait le temps de réagir.

Andoralson invoqua une pluie de grêlons qui fendirent les airs ; mais Marcus les dévia vers la voûte où ils se solidifièrent, mués en stalactites.

Ren lui lança ses dagues à la tête ; une par une, elles rebondirent sur un champ de force invisible.

— Allons, les enfants, dit Marcus, rangez vos jouets. Vous serez à moi avant longtemps.

Andoralson et lui continuèrent leur bataille de sortilèges. Le feu, les éclairs, la glace, la boue, les essaims d'insectes et la vapeur se croisèrent au-dessus des eaux fétides ; tous ces éléments se heurtaient à de puissants sorts de défense. Les débris et les gravats s'entassèrent.

Pupilles dilatées, griffes sorties, Gamaliel ne quittait pas son poste. Evaine avait besoin de deux minutes supplémentaires pour accomplir sa mission. Les bords de la Fontaine se couvrirent de mousse blanche.

Ren estima qu'il était temps de changer de tactique. D'une botte, il tira une dague ensorcelée qu'il lança sur le Sorcier Rouge. Au même moment, Marcus jeta aux pieds du ranger cinq mains miniatures taillées dans la pierre.

Il ignora la dague, la jugeant inoffensive comme les précédentes. Mais la lame enchantée traversa le champ de force pour s'enfoncer dans sa chair.

Il s'affaissa, la poitrine ensanglantée. Luttant pour retrouver son souffle, il invoqua un objet noir qu'il serra de toutes ses forces dans sa main droite.

Gamaliel bondit sur les mains miniatures et en fit basculer deux dans la Fontaine. Les trois restantes s'enracinèrent et devinrent des mains de marbre plus colossales que des pattes d'ours noir. Elles saisirent Ren et Gamaliel à la gorge et les plaquèrent à terre pour achever de les étrangler. Aucune résistance ne pouvait les obliger à desserrer leur prise mortelle.

Le monstrueux serpent rouge emprisonnait toujours le paladin dans ses anneaux, cherchant à l'étouffer. Miltiades était redevenu invisible.

Une main de marbre noir tenait la sorcière à la

gorge ; les doigts glacés lui coupaient le souffle.

La Fontaine de Ténèbres bouillonnait, dégageant une forte odeur de souffre. Evaine avait-elle eu le temps d'achever son œuvre purificatrice ?

Impuissant, Andoralson regardait le désastre. Un bruit sourd retentit derrière lui. Il fit volte-face vers l'arche par laquelle ils venaient d'accéder à la pièce.

— *Latenat* ! rugit une voix râpeuse.

Sous les yeux du druide, une énorme créature noire ailée commença à se matérialiser.

CHAPITRE XXI

LA LUMIÈRE VENUE DES TÉNÈBRES

Le démon des crevasses prit forme sous les yeux d'Andoralson. Une chair cuivrée, d'énormes ailes de chauve-souris et des serres plus longues que des mains leur barraient le chemin de la sortie. Les yeux mauvais luisaient d'un rouge profond. La puanteur d'un sang ancien envahit l'air ; à la surprise du druide, le démon l'ignora et alla rejoindre le sorcier de l'autre côté de la Fontaine. Son grondement de rage ébranla les murs et fit déborder les eaux mortes.

— Je les tenais à ma merci, sombre idiot ! écuma Tanetal. Le peuple de Phlan était prêt à me suivre et à venir se jeter dans la Fontaine ! Comment as-tu pu commettre l'erreur de me ramener ? *Latenat* ! hurla-t-il, au comble de la fureur.

Un filet de sang s'échappa de la commissure des lèvres du sorcier. Il lutta pour retrouver son souffle :

— Cesse tes jérémiades, je me meurs ! Sauve-moi !

— Tu n'as qu'un poumon perforé, ce n'est pas

l'article de la mort, pauvre crétin ! Aaahhh !

Sifflant de colère, le démon avait tenté d'arracher la dague de la poitrine du sorcier, mais la garde ensorcelée l'avait brûlé. Il s'enveloppa la main de la cape de Marcus avant d'essayer pour la deuxième fois.

Andoralson profita de l'occasion pour se précipiter au côté d'Evaine, lentement étouffée par la poigne de marbre. Le druide risqua le tout pour le tout et lança une masse d'énergie bleutée contre la main maléfique. La pierre devint un tas de boue. Toussant et crachant, l'enchanteresse roula de côté. Puis elle essuya la boue de son visage.

Un bruit à déchirer les tympans retentit dans la pièce souterraine. Les os rouges de sang, Miltiades martelait la main qui cherchait à tuer le ranger.

— Nous te croyions perdus ! s'écria Andoralson.

— Jamais de la vie ! répondit le paladin sans s'interrompre. Je ne respire pas, pourquoi veux-tu que je m'étouffe ? Mes vieux os sont solides et tranchants. Il m'a juste fallu un peu de temps pour cisailler les anneaux qui me retenaient prisonnier.

Un coup magistral eut raison de la main maléfique. Miltiades vola aussitôt au secours du familier d'Evaine.

Mais le bruit avait attiré l'attention du démon des crevasses. Tanetal vit un squelette occupé à briser le marbre noir du pommeau de son épée ; il venait de libérer un humain et un énorme félin.

— Que se passe-t-il ici ? cria-t-il à Marcus.

Ce dernier ne réussit qu'à émettre d'inintelligibles gargouillis.

Le démon souffla des volutes noirâtres sur la blessure de son maître. Cela ne le rétablirait pas, mais l'hémorragie s'arrêterait pour quelques heures. Marcus égrena aussitôt un chapelet d'ordres :

— Ecoute ces clameurs, triste imbécile ! La

population de Phlan s'apprête à quitter la caverne. Débarrasse-nous de ces minables ! Ils faut qu'ils soient morts avant que les villageois arrivent à la Fontaine ! (Le sorcier se redressa.) Tue-les *maintenant* ! Ils ont osé s'attaquer à moi, ils ne méritent plus de vivre. Ils s'en sont pris à ma Fontaine magique ! Occupe-toi des hommes, je me charge d'écraser la femme et sa maudite bête !

La situation se corsait ; les compagnons, à peine remis de leurs émotions, affrontaient un démon des crevasses *en plus* d'un sorcier dément.

Toussant toujours, Evaine se traîna près du chat et le força à avaler une potion. Les mains de pierre les avaient affaiblis tous les deux.

Andoralson lança la première attaque. Une averse de petits météores incandescents fondit sur Marcus et le démon.

— Tes sortilèges sont de la roupie de sansonnet, avorton ! se moqua le Sorcier Rouge.

Il leva les bras et psalmodia.

Surpris par la violence de la déflagration, parce que trop proche de Marcus, Tanetal fut jeté à terre.

Ren et Miltiades se précipitèrent sur le démon pris au dépourvu, épée au poing. Celle de Miltiades le blessa à l'épaule ; la lame du ranger fit également mouche, mais elle se brisa en mille morceaux. Ren lança son autre dague enchantée. Derechef, les deux compagnons se ruèrent sur la bête diabolique.

Marcus acheva sa gestuelle ; un rayon rouge cerise fondit sur la sorcière ; il se fractura contre la sphère de protection qu'elle invoqua.

Gamaliel rétabli, elle se prépara à riposter.

— Sorcier, cette attaque était ta dernière !

Brandissant son bâton, elle déchaîna sur lui une spirale de glace et de neige.

Le froid paralysa à demi Marcus et interrompit le sortilège qu'il préparait. Evaine lança une deuxième attaque : une boule de feu, striée de veinules de la couleur de l'océan, fendit les airs vers le sorcier de Thay. Evaine se rapprocha ; Gamaliel avança, sans que personne ne le remarque.

Au grand dépit d'Evaine, la fournaise ensorcelée réchauffa Marcus, qui retrouva l'usage de ses muscles. Elle ne s'attendait pas à ce tour. Changeant de tactique, elle invoqua un rayon glacial d'un vert crémeux.

L'impact projeta Marcus contre une paroi, au moment où il allait encore lancer un nouveau sortilège. Il brandit encore vers la sorcière un bâton doré :

— Tu m'as causé assez de problèmes comme ça ! s'écria Evaine. Cette fois, c'est la fin !

Marcus resta bouche bée. Il voulut pourtant se défendre. Avant qu'il comprenne ce qui lui arrivait, deux cents livres de muscles s'abattirent sur lui, lui rompant la nuque. Le Sorcier Rouge de Thay glissa à terre avec un bruit sourd, vaincu par Gamaliel.

Ren, Miltiades et Andoralson, toujours aux prises avec le démon des crevasses, reprirent courage.

Mais la mort brutale de son maître eut sur Tanetal un effet inattendu.

Avec un hurlement, le monstre se redressa de toute sa taille :

— Libre ! Enfin, je suis *libre* !

Sa peau noircit davantage sous l'effet de l'euphorie. Miltiades en profita pour le frapper à la jambe. Ren récupéra à terre sa dague ensorcelée et pourfendit le monstre : de profondes entailles se dessinèrent sur son cuir épais. Hurlant des ordres inintelligibles, le démon frappa des deux poings. Percuté de plein fouet, Ren alla s'écraser contre une paroi. Le ranger glissa à terre, les os broyés par l'impact. N'ayant plus assez de souffle pour hurler de douleur, il plaqua sa main gauche sur son avant-bras droit. L'os cassé avait perforé le muscle et la chair ; le sang coulait d'abondance. Ren avait des côtes brisées, la jambe droite pliée sous lui en un angle de mauvais augure.

Aucun de ses compagnons ne pouvait venir à son aide... Le démon des crevasses lança une autre attaque ; il s'était dangereusement approché de la Fontaine.

Dans l'escalier, un vacarme annonça l'arrivée d'un nouvel ennemi ; une voix furieuse couvrit les clameurs guerrières :

— Mes troupes ont été massacrées, et tu as le culot de m'appeler ! Je n'en supporterai pas davantage, stupide humain ! Tu as...

Au comble de l'exaspération, bougonnant et pestant, Karkas s'arrêta en découvrant la scène :

— Démon ! Marcus est-il vraiment mort ?

Un hurlement fut la seule réponse. Miltiades se précipita sur le nouveau venu, épée levée.

Une seconde, les deux guerriers squelettes s'examinèrent ; puis ils hochèrent la tête en signe de respect et d'honneur. L'instant suivant, les lames nues étincelèrent et s'écrasèrent l'une contre l'autre. Ainsi débuta un nouveau ballet d'os et d'acier.

Evaine et Andoralson concentraient leurs sortilèges contre le démon. Volutes et gerbes couleur émeraude et azur illuminaient les lieux de leur brillance d'outre-monde. La moitié de ces enchantements n'eut d'autre effet que faire éclater Tanetal de rire. Gamaliel, qui s'était glissé derrière lui, bondit de nouveau sur sa proie, la fouaillant sans merci de ses griffes.

Andoralson fit appel à l'art de l'illusion, et projeta dix images de lui-même. Les onze personnages identiques invoquèrent des pseudo-monstres contre Tanetal ; ce dernier les repoussa d'un revers de main. Bientôt, Andoralson se retrouva de nouveau *seul*. Souffle court, frôlant l'épuisement, le druide tendit les bras pour lancer un autre sortilège...

Plaqué contre la paroi, Ren luttait pour atteindre une potion de guérison et la porter à ses lèvres. Il y parvint ; l'hémorragie cessa peu à peu. Les os brisés, il ne pouvait rien faire de plus.

Karkas et Miltiades étaient de force égale. Leur chorégraphie, à la fois merveilleuse et hideuse, les conduisit d'un bout à l'autre de la salle souterraine.

Evaine n'interrompit pas ses projections de vapeurs, de nuages et de jets d'énergie émeraude sur l'énorme bête noire. La moitié de ses enchantements s'éparpillèrent sans atteindre leur cible ; pire, quelle que soit la gravité de la blessure, le démon se rétablissait instantanément. Au milieu du combat, la sorcière n'avait guère loisir de se creuser la cervelle à la recherche d'un trait de génie.

Gamaliel était agrippé au dos du démon. Une substance noire s'échappait des plaies creusées par les griffes du félin ; la puanteur qui en montait rappelait des eaux stagnantes.

Lancé dans le duel, chacun des guerriers squelettes faisait régulièrement mouche, projetant à terre des éclats d'os. Miltiades et Karkas avaient tout oublié du monde qui les entourait.

Evaine avait presque achevé une nouvelle incantation quand elle s'aperçut du danger. Mais elle était dans l'impossibilité de crier pour avertir le paladin. Quand le sortilège fut achevé, il était trop tard : les deux squelettes venaient de tomber dans les eaux noires de la Fontaine.

Le fluide se mit à bouillonner, cherchant à absorber les âmes de ses victimes imprévues. De temps à autre, une main squelettique ou une pointe d'acier étincelante crevait la surface noire. Qui avait l'avantage ? Une chose était certaine : les deux guerriers se battaient pour conserver leur essence.

Enfin, des doigts décharnés jaillirent de la Fontaine ; quelqu'un se hissa à l'air libre. Evaine sentit le cœur lui manquer en s'apercevant qu'il s'agissait de Karkas.

Ce fut alors que le second squelette le tira derechef sous l'eau...

Le paladin *vivait* encore. Mais pour combien de temps ?

Le démon rit de bon cœur ; un globe empli de l'eau la plus noire apparut sur la pointe de ses serres, et glissa lentement vers sa proie. Au cœur des volutes noires du globe, Andoralson vit ses pires cauchemars devenir réels. S'arracher à la fascination de ces images maléfiques lui parut impossible.

Il hurla et tomba à terre, saisi de terreur, l'esprit envahi par le Mal.

Tanetal tendit les bras derrière lui et arracha le chat de son dos ; il le lança contre un mur, comme un jouet cassé. Le familier s'y écrasa avec un bruit écœurant.

Le démon fit un pas en direction de la sorcière :

— Nous nous rencontrons enfin, petite âme. Je voulais te connaître depuis que j'ai senti ton essence dans mes appartements. La splendeur de ta magie étincelle de mille feux. J'ai hâte de savourer ton énergie vitale... *Latenat* !

Evaine lança sur lui ses dards taillées dans des os de dragon ; Ren l'imita avec ses dagues. Toutes touchèrent au but, mais elles rebondirent sans percer le cuir de la bête. Le ranger puisa dans ses dernières forces pour décocher sa seconde dague ensorcelée : elle fit mouche, arrachant un nouveau cri de douleur à la bête. Mais celle-ci continua d'avancer sur sa proie.

De désespoir, l'enchanteresse lança deux rayons émeraude de plus contre Tanetal ; le premier lui brûla un peu les ailes, le second se dissipa sans avoir d'effet. Les rires moqueurs de son adversaire soulevèrent en Evaine une furie comme elle n'en avait jamais connue.

Elle tenta de s'échapper, mais la créature la poursuivit. Une main démesurée l'agrippa à la taille avant qu'elle ait le temps d'invoquer un sort d'invisibilité. La bête la souleva comme une poupée. L'odeur de sang et de pus était indissociable du démon. Il bava d'excitation, cherchant que faire de sa proie. La surprise et la curiosité le poussèrent à parler :

— Douce enfant, ton âme est puissante et ancienne. Qu'as-tu fait pour atteindre cet âge extraordinaire ?

Le monstre la considérait avec un respect nouveau ; découvrir la véritable valeur de la proie qu'il venait d'attraper amena un sourire sur ses lèvres.

Evaine se débattit. La poigne implacable l'empêchait presque de respirer.

Autour d'elle, personne ne pouvait lui venir en aide. Andoralson était encore torturé par ses visions. Gamaliel gisait sans connaissance ; le ranger se traînait péniblement vers lui. A supposer que Miltiades fût encore vivant, il n'était pas réapparu à la surface de la Fontaine.

L'esprit maléfique sonda Evaine, à la recherche de ses secrets, lui arrachant des hurlements d'agonie. Elle résista ; la curiosité du démon pouvait lui faire gagner du temps.

Des clameurs, dans l'escalier, anéantirent ses derniers espoirs. Quel nouvel ennemi arrivait ?

Une lueur bleue précéda l'apparition d'un marteau de guerre, fièrement brandi par un colosse blond qui se jeta dans la mêlée. Une grande femme rousse le talonnait, enveloppée d'une tunique pourpre.

Profitant de la confusion qui régnait dans la tour infernale, Tarl et Shal, à la tête d'un contingent de défenseurs de Phlan, étaient parvenus à investir les lieux...

— Entonne ton chant funèbre, barde ! tonna Tarl, dardant son arme.

Une lueur azur vola dans la salle ; le Marteau s'écrasa contre la poitrine du démon qui hurla, libérant sa proie du même coup. La sorcière se traîna à l'abri. Andoralson cessa de pleurer et de crier.

La femme vêtue de pourpre déchaîna un feu d'artifice d'énergies violettes contre la bête, dont la résistance était déjà affaiblie par le Marteau de guerre.

Enragé, Tanetal fit face à ses nouveaux adversaires. Il s'élança vers l'homme blond, toutes griffes dehors.

Ren tenta de crier un avertissement :

— Tarl, Shal ! Attention... !

Il était trop faible ; l'effort lui coûta une quinte de toux.

L'enchanteresse pourpre revint à l'assaut ; une fois son sort lancé, elle s'effondra, un gémissement s'échappant de ses lèvres.

Tarl rappela le Marteau à lui, et visa soigneusement. L'arme rebondit sur la peau écailleuse du monstre. A peine ralenti, Tanetal parvint à lui griffer l'avant-bras.

Epuisée, Evaine tentait de rassembler ses idées. Il y avait sûrement un moyen de détruire le démon... Mais lequel ? Pourquoi n'arrivait-elle pas à trouver ?

Tarl poussa un cri quand Tanetal le saisit par la taille et le souleva dans les airs.

— Pas si vite, créature des ténèbres ! s'écria une voix grave.

Miltiades s'était enfin extirpé de la Fontaine de Ténèbres ; Karkas avait disparu. Quand Tanetal se tourna vers celui qui l'interpellait, une main squelettique lui projeta un liquide boueux dans les yeux.

Lâchant le guerrier, le monstre éclata de rire :

— Tu me défies encore, stupide créature ? Viens

que je t'écrase comme le moustique que tu es !
Regarde tes amis, tous réduits à l'impuissance ! Je
vais bientôt savourer vos âmes comme des friandises !

Grinçant des dents, le paladin mort avança courageusement.

Tarl retrouva son souffle, et se remit sur pied.

Le démon des crevasses poussa un cri à ébranler
la grotte. Puis se dressant de toute sa taille, il fixa
Evaine ; il émit un sourd bourdonnement. Des
rayons jaillirent de ses yeux. Quoi qu'elle fît, la
sorcière ne pouvait pas leur échapper.

Ses hurlements déchirèrent l'air. Tarl lança son
Marteau de guerre une nouvelle fois, sans plus de
succès. La lame qu'abattit Miltiades entailla à peine
l'épiderme de cuir du monstre. Evaine perdait la
bataille. En quelques instants, ses cheveux grison-
nèrent, elle vieillit de dix ans. Horrifiés, ses amis
crurent assister à sa fin.

Andoralson se remit péniblement debout :

— Au nom de Sylvanus, lâche-la, bête infernale !

Le druide se jeta entre Evaine et le monstre, inter-
ceptant le rayon diabolique.

Andoralson vieillit à son tour. Ses cheveux blanchirent ; son visage se creusa de rides.

Evaine se redressa, regardant le monstre invulnéra-
ble qui les tenait en respect. Les paroles de la succube résonnèrent à ses oreilles... Quelque chose à
propos de son nom. Une anagramme... *Latenat*.
Latenat ? Qui connaît le nom d'un démon a tout
pouvoir sur lui...

Evaine se dressa et se mit à crier à tue-tête :

— *Tanetal*, créature venue des crevasses des Neuf
Enfers, je te dépouille de tes pouvoirs dans ce plan !
Au nom du véritable Panthéon, je t'ordonne de
retourner là d'où tu viens ! Tanetal, Créature des
Ténèbres, renonce à ton emprise sur les êtres de ce

238

monde, et regagne ta sombre demeure !

Les rayons jumeaux se désintégrèrent. Miltiades et Tarl reculèrent, arme au poing. Une vapeur noire s'éleva du sol et enveloppa le démon :

— Non ! Tu ne peux pas me renvoyer ! J'ai des pouvoirs, de grands pouvoirs ! Tu... tu peux être mon maître ! Rappelle-moi et je serai ton humble serviteur ! La Fontaine nous rendra extraordinairement puissants ! Tu ne connais pas...

Un ultime *appel d'air* noirâtre engloutit le monstre ; la pierre s'ouvrit sous ses pieds. Capturé par un vortex supra-naturel, il fut aspiré vers le plan des ténèbres. La salle souterraine trembla, le sol se reforma, et le silence retomba. Une ultime volute de vapeur sulfureuse monta vers la voûte.

On n'entendait plus que les halètements des aventuriers survivants.

*
* *

Andoralson gisait, immobile. Sa peau parcheminée était livide, ses cheveux d'une blancheur inquiétante. Tarl voulut voler à son aide, mais il était trop tard.

Tête inclinée, il entonna une prière à Tyr.

— Sylvanus, dit Miltiades. C'est Sylvanus qu'il adorait.

— Il est mort avec noblesse. Son dieu lui accordera la grâce.

Il recouvrit le corps d'Andoralson de sa cape.

Ren et Tarl se regardèrent un long moment, puis s'écrièrent à l'unisson :

— Par les Enfers, d'où viens-tu donc ?

Ils éclatèrent de rire. Le prêtre entonna des incantations pour soigner les fractures de son ami. Une fois ses forces revenues, Ren lui raconta brièvement les semaines qu'il venait de passer à le chercher.

Evaine bondit au côté de Gamaliel, et posa la tête du félin sur ses cuisses. Le chat gémit doucement ; gravement blessé, il survivrait pourtant. Ren lui avait administré la potion de guérison à temps. Evaine eut les larmes aux yeux quand elle comprit que son familier avait frôlé la mort.

Miltiades approcha de Shal :

— Ne sois pas effrayée, jeune dame. Un guerrier de Tyr peut-il te venir en aide ?

Shal leva la tête, les traits figés par la souffrance ; elle murmura avec peine :

— Tarl... Le bébé. Il est temps...

Quand le paladin eut transmis le message, Tarl aida Ren à se lever et tous deux rejoignirent la jeune femme. Evaine glissa sa cape roulée en boule sous la tête de Gamaliel et se joignit au groupe.

Tarl aida son épouse à s'étendre sur le sol. Evaine demanda à Miltiades de réunir des manteaux, des couvertures et son sac de voyage. Elle prit sur elle de diriger la suite des opérations :

— Très bien, Shal, détends-toi. Fais le vide dans ton esprit, comme si tu t'apprêtais à lancer un sortilège. Respire à fond. Vous autres, tenez-vous tranquilles. Tarl, agenouille-toi, et prends sa tête sur tes cuisses... Très bien... A présent, c'est Mère Nature qui sait le mieux ce qu'il y a à faire. Sacrebleu, l'idée d'une naissance à côté de cette Fontaine n'a rien de réjouissant ! Mais je n'ai plus le temps de l'anéantir !

— Je peux peut-être faire quelque chose, proposa Tarl. Ren, tiens Shal un instant. Cela me suffira.

Le prêtre se leva et alla au bord de la Fontaine de Ténèbres. Il ferma les yeux et communia avec son dieu. Yeux clos, il lança le Marteau dans les eaux souillées. Pas une seule éclaboussure ne ponctua l'impact.

La luminosité azur s'abîma dans la noirceur d'en cre. Tarl resta immobile. Lentement, un rayon bleu perça la Fontaine et s'élargit jusqu'aux bords de l'étendue liquide, qui se mit à bouillonner.

Plongé dans une profonde méditation, le prêtre resta ainsi longtemps, baigné de reflets azur.

Le bouillonnement et les gargouillis de l'eau noire moururent. Le prêtre rouvrit les yeux pour observer la lente disparition de l'espèce de brouet fétide qui emplissait le bassin. Au fond, il distingua un trou en forme de marteau.

Une vibration venue des entrailles de la terre fit trembler la tour du défunt Marcus.

— Gloire à Tyr ! s'écria son champion.

Miltiades adressa également un chant de grâce au dieu de la Justice et de la Guerre.

Tarl reprit place auprès de sa femme ; il tendit la main pour rappeler à lui le Marteau sacré. Mais c'est vers Miltiades que l'arme revint.

— Mon heure est venue, dit-il, serein. Tyr m'appelle à lui. Je me suis racheté et je vais connaître la paix éternelle. Merci à vous, qui avez été mes amis et m'avez aidé. Je prierai Tyr de vous accorder ses faveurs.

Le paladin leva les yeux. En un clin d'oeil, ses os et son armure tombèrent en poussière. Le Marteau sacré plana un moment, puis *s'élança* dans les airs, perforant la voûte. La structure entière fut ébranlée.

La voix spectrale de Miltiades résonna :

— Le Marteau de Tyr ne te sera pas rendu, Tarl. Mais sache que ton enfant est destiné à le chercher pour la plus grande gloire de Tyr. La tâche d'instruire le nouveau-né te revient. Amis, mon dieu est satisfait de vous tous...

La voix s'évanouit.

— Il nous manquera, dit Evaine. Par bonheur, la

ontaine est anéantie, le bébé naîtra en sécurité. Concentrons-nous, maintenant.

L'inquiétude passa un instant sur le visage du prêtre :

. — As-tu jamais aidé une femme à accoucher ? demanda-t-il, un peu décontenancé par la tournure des événements.

— Fais-moi confiance, sourit Evaine. Je suis centenaire...

Ren renchérit d'un hochement de tête.

Quand le travail commença, ponctué de cris de douleur, une lumière violette baigna le groupe.

La tour rouge de Marcus tremblait au-dessus de leurs têtes. Des pierres se descellèrent et s'écrasèrent au sol.

CHAPITRE XXII

DEMAIN N'ATTEND PAS

Privée de l'énergie de la Fontaine, la magie qui avait tenu Phlan en otage vacilla et disparut. Les citoyens unissant leurs efforts obtinrent que leurs foyers retournent au bord de la Mer de Lune. La tour de Marcus fut réduite en cendres.

Deux jours plus tard, goûtant l'hospitalité de Shal et de Tarl, les compagnons se réchauffaient au coin de l'âtre, dans la tour de Denlor. Un magnifique coucher de soleil auréolait de nouveau l'horizon. Il n'y avait plus trace de nuages, ni d'orages. Le dynamisme et la joie de vivre étaient revenus.

A tour de rôle, les amis se racontaient leur périple en savourant de bienfaisantes décoctions.

Tarl tenait sur sa cuisse un minuscule bébé enveloppé dans une couverture violette. Une touffe de cheveux rouges dépassait du tissu ; à de rares moments, des yeux aussi bleus que la Mer de Lune s'ouvraient pour poser un regard étonné sur le monde. Soupirant, l'enfant se rendormait alors dans les bras de son père.

— Tu vas devoir trouver bien vite un nom pour ton fils, dit Ren. Tu ne peux pas l'appeler « il » jusqu'à la fin de ses jours.

Le ranger contemplait avec fierté son filleul.

— Nous étions trop occupés pour cela, rit Shal. Et nous ne l'attendions pas si tôt ! Le voici pourtant, tout frais et rose !

Evaine alla s'agenouiller près du nouveau-né, et lui caressa les tempes.

— Tes parents auront de fantastiques histoires à te raconter quand tu seras un grand garçon, dit-elle. Tu en as déjà vu davantage que la plupart des gens à l'heure de leur fin ! Avec le nombre de sortilèges que tu as lancés en étant enceinte, cet enfant devrait avoir de sacrés pouvoirs magiques. Ce n'est pas souvent qu'une enchanteresse engendre un fils. Il aura une destinée à part - sur cela, il n'y a aucun doute.

Quand Gamaliel roula sur le dos, invitant les humains à le caresser, Shal fut ravie de lui faire ce plaisir.

— Tu as de la chance de l'avoir, Evaine. Certains sorciers ont des crapauds pour familiers !

Le grand chat se mit à ronronner d'aise ; l'humilité n'était pas dans sa nature.

— Si ce qu'a dit Miltiades est vrai, remarqua Ren, les dieux ont un avenir tout tracé pour votre fils. On attend beaucoup de lui, semble-t-il.

Les époux hochèrent la tête.

— Je dois croire que ce qu'il a dit est vrai, répondit Tarl. Jeune prêtre, j'ai beaucoup entendu parler du grand guerrier Miltiades. Il occupe une place importante dans la confrérie de Tyr. C'était un héros ; on nous encourageait à méditer sur son hagiographie et à nous inspirer de ses faits d'armes. Je suis encore bouleversé d'avoir eu l'honneur de le rencontrer. Vos aventures au côté du paladin de Tyr ont dû être extraordinaires.

— Elles furent plus que ça, dit Ren. Et tu ne seras pas étonné d'apprendre que Miltiades n'a jamais mentionné ses prouesses. J'imagine que les plus grands héros ont la modestie dans l'âme. Nous n'avions pas idée de son identité.

Ils continuèrent de bavarder, berçant tour à tour l'enfant qu'ils avaient aidé à mettre au monde.

*
* *

Au-delà de la voûte stellaire, deux divinités considéraient la scène avec des émotions différentes. Baine le Fléau était vert de rage à la pensée d'avoir perdu une nouvelle cité. Ses adorateurs l'avaient déçu ; de simples mortels avaient vaincu ses vassaux.

Son seul triomphe, anecdotique, était d'avoir intercepté le Marteau enchanté. Il jubila au souvenir de la magie supérieure qu'il avait utilisée pour s'assurer que l'arme ne pourrait plus jamais être mise au service de Tyr. Il était convaincu de l'avoir si bien cachée que nul ne la retrouverait jamais...

Baine tenta de resserrer son emprise sur les cités qu'il avait annexées. Mais sa puissance s'effilochait aux abords de la région de Phlan. La brèche s'avéra finalement trop importante, même pour ses facultés divines. L'une après l'autre, les villes qu'il avait capturées réapparurent dans le paysage. Des légions de ses vassaux connurent une mort horrible de ses mains.

Il fallait que quelqu'un expie...

Dans un autre royaume, au-delà des cieux de

Toril, Tyr souriait à la vue des compagnons réunis dans la tour de Denlor. Ses fidèles l'avaient bien servi ; un nouveau guerrier venait de voir le jour. Longue et vertueuse serait la destinée qui l'attendait dans la ville de Phlan.

Tyr rit de la fureur de Baine et de sa satisfaction d'avoir dérobé le Marteau sacré. L'objet était de peu d'intérêt aux yeux du dieu. Dès qu'il serait en âge, le retrouver offrirait une quête des plus intéressantes à un certain guerrier. Le dieu de la Justice avait hâte de voir grandir l'enfant de Shal et de Tarl.

*
* *

Dans la tour, la conversation dériva sur l'avenir. Shal, Tarl et leur enfant resteraient à Phlan, la ville qu'ils avaient apprise à aimer. Ils espéraient qu'elle connaîtrait des jours plus paisibles.

A l'issue d'un long séjour avec ses vieux amis, Ren avait l'intention de retourner dans la vallée pour laquelle il s'était tant battu. Il espérait toujours faire connaissance avec la belle druidesse qui habitait la vallée voisine.

Evaine et Gamaliel partiraient dès l'aube. Ils se rendraient sur la butte où Talenthia avait fait le sacrifice de sa vie pour sauver la forêt. Evaine devait la vie au druide, et elle s'occuperait de la région en mémoire de lui. Il lui faudrait aussi reconstruire sa demeure et détruire les autres Fontaines de Ténèbres qui infestaient Féérune. L'enchanteresse n'avait nulle intention d'abandonner sa quête.

Evaine prit le brasero magique et le tendit à Tarl :

— Miltiades m'a confié cet objet sacré. Je lui ai promis de le rendre au temple de Tyr dès la quête achevée. Puis-je te demander de le remettre à tes aînés ? Je ne sais pas si sa flamme se rallumera ou non.

— J'en serais heureux. Etant donné les circonstances, je suis sûr que Tyr la ranimera encore une fois.

Les amis se séparèrent et allèrent dormir.

— *Maîtresse*, émit Gamaliel, *je voudrais savoir une chose : combien de fois, au cours de ta longue et passionnante vie, as-tu aidé une femme à accoucher ?*

— *A accoucher ? Jamais !*

— *Mais tu as affirmé que tu l'avais déjà fait.*

— *Je n'ai rien dit de tel. J'ai dit mon âge à Ren, et il a déduit le reste. Je ne lui ai pas menti ; mais ma réponse a calmé ses appréhensions. Cela dit, endors-toi, Gam. Et ne prends pas toutes les couvertures.*

Le grand chat la fixa un moment, puis se roula en boule. On allait de surprise en surprise avec cette femme.

Son ronronnement ne tarda pas à les endormir tous les deux.

ÉPILOGUE

Phlan avait réintégré sa place. Sans attendre, les citoyens consacrèrent leur temps et leur énergie à remettre en ordre leur logis et leur vie. La Mer de Lune et les forêts environnantes leur offraient de nouveau tout ce qui manquait dans la caverne.

Le Conseil ordonna deux jours de festivités pour célébrer l'événement. Les danses et les chants se prolongèrent tard dans la nuit. Le jour, les rues foisonnaient d'étals où se vendaient boissons et friandises de toutes sortes.

Quand la routine se réinstalla, les gens durent faire face à l'épuisement accumulé durant des mois de captivité. Enfants comme adultes furent en proie à d'abominables cauchemars. Des récriminations montèrent ici et là ; le Conseil avait trop agi, n'avait pas assez agi, avait pris les mauvaises décisions. Les disputes entre voisins s'envenimaient... A mesure que passaient les jours, la menace de la guerre civile grandissait.

Les autres villes enlevées par Baine le Fléau souffraient des mêmes troubles ; les familles se déchiraient, les amitiés se brisaient. Les gouvernements vacillaient. Les principales cités de la région étaient au bord du gouffre.

Baine se réjouit de ce chaos. L'éclatement des cadres politiques et économiques ferait des habitants des cibles faciles.

Alerté, Tyr étudia les zones touchées par le phénomène. Certains hommes étaient mauvais, mais aucun ne méritait de tomber entre les griffes du dieu de la Dissension et du Chaos. La divinité maléfique devrait faire bien plus d'efforts pour conquérir ces villes. Tyr n'allait pas lui permettre de s'annexer tant d'innocents sans avoir livré une bataille épique.

Le dieu de la Justice remit bon ordre dans les institutions humaines. Chaque nuit, une semaine durant, une brume azur plana dans les rues des villes assoupies.

Par un miracle dont lui seul était capable, Tyr purifia les consciences et les mémoires des habitants. A chaque aube nouvelle, les vieux contentieux se dissipaient et les querelles disparaissaient. La compassion divine balaya les différends. Les peuples de Féérune retrouvèrent la paix et la joie de vivre.

Mais les dieux refusaient que l'affaire tombe dans l'oubli. Quelques âmes auraient pour mission de se souvenir des horreurs commises par Baine ; des héros resteraient en éveil, prêts à combattre le Mal s'il osait revenir.

Un ranger, deux magiciennes et un chat géant gardèrent donc le souvenir de leur aventure. Dans d'autres villes, des aventuriers conservèrent également la mémoire de la lutte et de la captivité.

Tyr sourit à ces poignées d'élus. Baine ne renoncerait jamais ; personne, à Toril, ne pouvait prédire ce qu'il inventerait demain.

Mais les quelques dizaines de cœurs vaillants, disséminés ici et là sur la planète, ne relâcheraient pas non plus leur vigilance.

Retrouvez les héros des grandes sagas des Royaumes avec

LE JEU DE RÔLE

Un monde d'aventure et de magie pour les règles avancées de Donjons & Dragons ®

JEUX DESCARTES
1, rue du Colonel Pierre Avia
75503 Paris cedex 15

Bulletin d'abonnement

Tous les deux mois
vous découvrirez des reportages
vous présentant des univers imaginaires
comme s'ils étaient réels …

À renvoyer à DRAGON® Magazine, 115 rue Anatole France, 93700 Drancy

----

BULLETIN D'ABONNEMENT
(à remplir en majuscules)

Nom _____ Prénom _____

Adresse _____

_____

Je m'abonne à DRAGON® Magazine pour un an (6 numéros) au prix de :

❑ 175 FF seulement (au lieu de 210 FF au numéro) pour la France métropolitaine
❑ 200 FF pour l'Europe (par mandat international uniquement)
❑ 250 FF pour le reste du monde (par mandat international uniquement)

Je joins mon chèque au bulletin d'abonnement et j'envoie le tout à
DRAGON® Magazine, 115 rue Anatole France, 93700 Drancy